En miljövänlig bok!
Papperet i denna bok är tillverkat av helt mekanisk trämassa – utan tillsats av klor och kemisk massa eller andra miljöfarliga ämnen.

Carl-Johan

Vallgren

För herr Bachmanns broschyr

MånPocket

Omslag av Lotta Kühlhorn

www.manpocket.com

Denna MånPocket är utgiven enligt överenskommelse med Albert Bonniers Förlag AB, Stockholm

Tryckt i Danmark hos Nørhaven a/s 1998

ISBN 91-7643-501-6

1

Efter att ha läst igenom herr Bachmanns oväntade brev, och noggrant tänkt över de frågor han formulerat, satte jag mig vid skrivbordet för att, medan ämnet ännu kändes aktuellt, skissa på mina svar. Uppgifterna, hade Bachmann skrivit, skulle bilda underlag till de broschyrer som senaten tänkte skicka ut vid nyår, med information om i staden boende minoriteter, inte av statistiska skäl utan för att i möjligaste mån, efter riktlinjer uppdragna inom den så kallade unionen, bidra till en ökad mellanfolklig förståelse på det kulturella planet ("Ebene" var Bachmanns ord) och för att i framtiden bereda oss i staden boende utländska författare arbetstillfällen, i form av uppläsningar, betalda debatter, podiumdiskussioner, etcetera.

Låt oss börja med mina böcker, inledde jag mitt svarsbrev, här måste tyngdpunkten ligga och inte på mitt på alla sätt tragikomiska liv, ur vilket förvisso mina böcker har fötts, men låt oss börja där och inte vid min personliga misär, för att omedelbart få ert projekt med broschyrerna på rätt köl. Det är nu fem böcker jag har skrivit, skrev jag till Bachmann, alla med oerhörd möda, givetvis under olika förhållanden, eftersom jag nu är trettiotre år gammal men i stort sett inte var mer än ett barn när mitt första verk låg i tryck; i mer än tio år har jag skrivit, under de mest obeskrivliga vedermödor, men vad har tacken varit, skrev jag, vad har lönen varit i det land ni nu har tagit upp i er union, i det land jag hatar och för länge sedan har lämnat, i det land som nu intresserar er så till den grad att det ska belönas med en egen broschyr, och där jag så att säga skall stå symbol för den icke-existerande kulturen. Vad har tacken varit i detta förfärliga kalla mörka land, skrev jag till Bachmann, för de böcker jag med en sådan obeskrivlig möda har skrivit, och vilka ni här i en främmande stad är mångfalt mer intresserade av än vad någonsin mina så kallade landsmän har varit: förföljelser och hån, skrev jag, det har tacken varit, bland kritiker, journalister och den lilla allmänhet som överhuvudtaget, i sitt själsliga armod, orkar följa utgivningen av böcker, det har tacken varit, regelrätta pogromer i skrift och förtal, riktade mot mig, och särskilt på mitt lands största dagstidning från vars kultursida jag har förföljts med den mest obeskrivliga illvilja. På vår största dagstidning har jag varit mer eller mindre fredlös, skrev jag till Bachmann, där har jag varit lovligt villebråd för samtliga till denna tidning knutna så kallade litteraturkritiker, både som romanförfattare och som kompositör av mina visor, skrev jag till Bachmann, ni kan inte ens i era vildaste fantasier föreställa er med vilket hat och vilken skadeglädje jag har förföljts från denna, i likhet med alla andra dagstidningar i detta kalla deprimerande land, högst mediokra dagstidning. Jag har, på ett i ert land fullständigt själsfrämmande vis, från denna dagstidnings kultursida utsatts för de grymmaste påhopp och överfall man kan föreställa sig, för de mest sadistiska förföljelser och trakasserier, i stort sett har jag varit utlämnad åt blodtörstiga bödlar, barbarer, vildar, man har inte skytt några som helst medel för att kasta mitt namn och mina romaner, och slutligen även mina visor, i smutsen, skrev jag till Bachmann. På det gemenaste vis har man försökt förnedra mig inför en lika gemen och skadeglad minoritet av läskunniga människor, i detta för övrigt högst barbariska och okultiverade land, där gemenheten och skadeglädjen så att säga har förvandlats till konstitution. Ni anar inte, den ena dolkstöten efter den andra har man riktat mot mig för att en gång för alla förgöra mig som konstnär och människa, den ena förtalskampanjen har följt på den andra, manliga och kvinnliga kritiker har på ett högst könsneutralt vis förödmjukat mig offentligt och på detta vis vunnit stående ovationer från den ytterst lilla läskunniga allmänheten i detta på avundsjuka, skadeglädje, konstfientlighet och analfabetism byggda land. Så behandlas jag alltså i det land ni betraktar med en sådan oskuld, skrev jag till Bachmann, och det förvånar mig djupt att ni har tagit kontakt med mig inför detta egendomliga broschyrprojekt, eftersom jag för det första räknas som en persona non grata i mitt hemlands litteraturlandskap, och för det andra, beroende på den mentala misshandel jag i åratal har utsatts för på mitt så kallade hemlands kultursidor, helt har upphört att skriva. I detta land är omdömeslösheten satt i system, tillfogade jag, medelmåttigheten är upphöjd till norm, avundsjukan och skadeglädjen räknas mer eller mindre som kardinaldygder, vilka understöds redan i småskolan och efter vars regler barnen skolas tills de i vuxen ålder har nått ett smått otroligt mästerskap i dessa nationaldiscipliner: medelmåttigheten, avunden och skadeglädjen, skrev jag till Bachmann. Så ser det ut i det land ni tycks betrakta som något ur dess berömda barnböcker. Ni inbillar er att det skall kunna bidra med något till er union, men ni gör ett allvarligt misstag på denna punkt. Jag vet inte på vilka grunder ni har dragit era slutsatser, men de är fatala, tillfogade jag i mitt brev till Bachmann, allt ni hämtar från mitt hemland kommer att förorena ert eget land på det mest katastrofala sätt och lämna ut er till krafter ni snart kommer lära er att frukta. Ni vill väl inte importera dilettantismen och medelmåttigheten Bachmann, skrev jag till Bachmann. Ni vill väl inte frivilligt låta er kontamineras av det systematiska hatet och avunden. På de breddgraderna är nämligen hatet, avunden, dilettantismen och medelmåttigheten satta i system, ni anar inte, människor som slänger sig med utländska diktares namn: Trakl, Mandelstam, Pessoa, utan att ha läst en stavelse av Trakl, Mandelstam, Pessoa, och i så fall blott med en provocerande förströddhet i vämjeliga översättningar gjorda av överbetalda språkhuliganer för mer än ett halvt sekel sedan. Språken kastas överhuvudtaget i smutsen i detta land, skrev jag till Bachmann, det är allmänt känt, latinska som slaviska; man plågar modersmålet till bristningens gräns, de suraste safter som tänkas kan vrider man ur det nationella tungomålet, att lyssna på radio eller teve är numera att jämställa med tortyr. Samma sak gäller de främmande språken, engelska talar man hjälpligt, ofta på barns eller efterblivnas vis, på en två- eller treårings nivå, fast man hela tiden berömmer sig av att på detta språk vara bäst i världen, minst lika bra som en infödd engelsman eller skotte, och bra mycket bättre än en irländare eller sydafrikan; franska talas väl i viss mån fortfarande av överklassen, men tyskan och spanskan räknas som lika främmande som joruba, eller malaj, man är nöjd med sin egen parodi på ett kulturspråk, tomma uppkastningar, ofta i en råmande hatisk ton. Man tror sig leva i världens centrum Bachmann, skrev jag till Bachmann, när man i själva verket lever i världens periferi. I hemlighet fäller man tårar över att man inte kan använda sitt eget katastrofala tungomål någonstans söderut på den så kallade kontinenten, ni skall vara glad Bachmann så länge ni kan hålla kulturnivån i detta deprimerande land stången, skrev jag, gör inget överilat, ni har utan tvekan fått den intellektuella nivån på dessa breddgrader om bakfoten.

Och på samma vis som man misshandlar de stora europeiska poeterna och språken misshandlar man också de stora europeiska filosoferna och tänkarna, och det på ett sätt som går bortom en normal människas fattningsförmåga. Genom det nationellt omhuldade oförståndet, genom den allmänna kulturella efterblivenheten och självhyllande stupiditeten, släpar man filosoferna, de klara tankarna, ja hela systembyggen, i smutsen. Ni kan inte föreställa er det Bachmann, skrev jag till Bachmann, jag saknar egentligen ord. Med sin obotliga dumdryghet har man på det mest skräckinjagande vis missförstått, misshandlat, lemlästat, torterat och våldfört sig på de stora filosofiska systembyggena, de rena klara tankarna, essensen av årtusendens tänkande och ändå haft fräckheten att i alla möjliga och omöjliga sammanhang, i syfte att imponera på varann i dessa hopplöst provinsiella kulturdebatter som de senaste åren har hemsökt detta lands lindrigt sagt lantliga kultursidor, svänga sig med namnen på fäderna till dessa systembyggen, utan minsta skam Bachmann, skrev jag, snarare med oförblommerad dumdryghet, det är så jag får lust att gråta. Överhuvudtaget tar man varje tillfälle i akt att åka snålskjuts på de stora kulturnationerna, vilket ni bör ta som en varning, skrev jag, men med detta som utgångspunkt skall jag ändå försöka besvara frågorna till broschyren, det kan hända att mina svar kan vara till nytta, trots att jag själv har upphört att skriva och inte har några planer på att någonsin börja skriva igen, och i så fall blott på ett främmande språk, möjligen på ert språk, skrev jag till Bachmann, men trots detta, att jag så att säga faller ur ramen för ert broschyrprojekt och inte längre kan sägas representera mitt så kallade hemlands litteratur, eftersom jag hatar detta land och dess litteratur, eftersom detta land i princip har tvingat mig till tystnad, trots detta kanske mina svar kan vara till nytta, åtminstone som motvikt till den djupt snedvridna propagandabild ni säkert kommer att påtvingas av myndigheterna i mitt så kallade hemland.

Min första roman kan man lämna därhän, skrev jag till Bachmann, den är ett barns verk, jag skapade den som tjugoåring, möjligen är den imponerande med tanke på författarens ålder och kanske har den också något slags dokumentärt värde, och visar i någon mån på en viss språklig verv, annars kan man lämna den därhän, skrev jag till Bachmann. Visserligen ger den prov på ett par berättartekniska finesser som än i denna dag inte behärskas av någon samtida författare i detta land, och självklart inte förmås uppfattas av detta lands mentalsjuka litteraturkritiker, visserligen korrelerar den med en bestämd tid inom den romantiska epoken, något som i ert land skulle upptäckas av varje människa med en miniminivå av bildning men som på dessa breddgrader, självfallet, faller ur ramen eftersom man på dessa breddgrader helt saknar bildning och inte sällan förväxlar namnen på romantikens skriftställare med utländska idrottsstjärnor, eller i bästa fall chansar på en målare eller kompositör om det framgår att det rör sig om en människa verksam inom det konstnärliga fältet. Ändå, även om man fullständigt förbigick de mest grundläggande elementen i denna roman, lyfte man upp den och gav den sitt spelade artiga bifall, ty barnen har man än så länge, trots att det förmodligen är en tidsfråga innan man ändrar attityd också på den punkten, skonat från den gränslöst utbredda kultursadismen, och trots att man säkert i hjärtat inte önskar något högre än att också få våldföra sig på barn på detta lands pedofila kultursidor, så har man än så länge, med lämnad brasklapp, skonat barnen från att avrättas offentligt. Följdaktligen, skrev jag i brevet till Bachmann, skonades denna min första roman, som trots sina förtjänster tveklöst inte är något annat än ett barns romanförsök, från att steglas från titel till slut, från pärm till pärm, från försättsblad till eftersättsblad, men därefter, skrev jag till Bachmann, när jag så att säga ansågs vara lovlig, ett byte på vilket man ansåg sig ha obegränsad jakträtt, när jag inte längre var ett barn utan en förvirrad tjugotreåring, och en mångfaldigt bättre prosaförfattare, då skydde man inga som helst medel för att kasta mitt namn i smutsen, för att på det gemenaste vis misskreditera mig hos läsare, kollegor och det fåtal litteraturpersonligheter som är värda namnet. Min andra bok, skrev jag till Bachmann, råkade ut för just detta, med undantag för ett par recensioner skrivna av de ytterst sällsynta begåvade och därför djupt undertryckta kritikerna i detta land, ty de som bryter mot normen, som med utgångspunkt från sina förebilder, eller ännu hellre utan förebilder alls, försöker bana ny väg, de jagas på det ondskefullaste vis ikapp och skjuts i ryggen. Denna bok, skrev jag till Bachmann, hade utan tvekan om den utgivits av en författare i ert land mötts av tillbörlig respekt, eftersom man i ert land besitter den grundläggande nivå av bildning och spiritualitet som förutsätter både skapandet och förståelsen av en sådan bok, men eftersom bildning och spiritualitet är fullständigt okända begrepp hos mina så kallade landsmän gick den förlorad för världen, utom möjligen på ett sadistiskt plan, eftersom den slaktades med en brutalitet som ni knappast kan föreställa er Bachmann, skrev jag, ens i era mest utstuderat sadistiska fantasier. Att den ställde definitionen av romanen i fråga, eller rentav omdefinierade modernismens bild av romanen, kunde självklart inte uppfattas av en kulturpöbel så djupt obildad att den knappt känner till begreppet modernism, eller ens har givit sig på försöket att definiera en roman, eller ens vet vad en roman är, ni tror inte att det är möjligt, skrev jag till Bachmann, men dessvärre är ingenting omöjligt på dessa latituder.

Vid tiden för publiceringen av min tredje roman, skrev jag till Bachmann, klev en fullständigt sagolikt obegåvad kvinnlig litteraturkritiker fram för att full av medfött hat och gränslös förstörelselusta slakta just denna min tredje roman på mitt så kallade hemlands största kultursida. Låt mig uppehålla mig vid denna kvinna en stund, skrev jag till Bachmann, eftersom hon utgör ett paradexempel på dilettantismen bland detta lands så kallade litteraturkritiker, och därigenom i viss mån kan vara till nytta för förståelsen av den nation ni nu, till min bestörtning, vill göra en broschyr om, och där tyngdpunkten, om jag har förstått er rätt Bachmann, ligger på litteraturens område. Särskilt hos detta mänskliga odjur, detta monster, denna primat av honkön, har jag uppväckt en gränslös sadistisk lust att plåga och lemlästa. Med en helt skamlös mordlusta har hon i åratal jagat mig på mitt lands största kultursida, med stolthet och njutning, rentav extas, har hon häcklat och hånat mina böcker, inte bara i sin dilettantism, skrev jag till Bachmann, vilken förvisso är mer än väl dokumenterad hos de få tänkande människor som ännu finns kvar i detta land, inte bara i sin allmänna mediokricitet och fasansfulla kritiska omdömeslöshet, den är ju allmänt utbredd på de breddgraderna, skrev jag till Bachmann, utan dessutom påhejad, understödd och applåderad av redaktionen på samma efterblivna kultursida, har hon förföljt mig i flera år. Ty särskilt på mitt hemlands största dagstidning, som för övrigt i sin för dessa gudsförgätna avkrokar symptomatiska perspektivlöshet försöker mäta sig med Die Zeit, FAZ, Le Figaro, The Times, etcetera, och anser sig viktigare än El País, Corriere della Sera, eller för den delen The Indian Times, särskilt där räknas skadeglädjen och avundsjukan som civilisationsbärande element, som fundament för det moderna samhället, som naturlagar och tecken på kvalitet, jag överdriver inte Bachmann, skrev jag, snarare är det jag skriver här i mitt svarsbrev rena eufemismer. Ni kan inte föreställa er en människa som denna litteraturkritiker, skrev jag, ni kan inte föreställa er en varelse så fullständigt utlämnad åt sina egna mordiska böjelser. Det är allmänt känt, skrev jag, att hon såg till att göra sig gravid med en av vårt lands mer framträdande poeter för att vinna fördelar och rykte, och att hon behållit detta stackars barn i rent utpressningssyfte, det är också allmänt känt att jag själv avslog en av hennes avskyvärda inviter, inte för att hon rent fysionomiskt är en högst motbjudande kvinna som luktar lik ur munnen, vilket är mer än sant, utan för att hon på det mest skamlösa vis försöker dra ner alla i sin omgivning i sin gränslösa medelmåttighets träsk. Men det är inte därför hon förföljer mig, skrev jag till Bachmann, förföljelselustan är en vanesak hos henne som hos så många andra i det land som nu, till min förfäran, tycks intressera er Bachmann, hon vanehatar ungefär som andra prenumererar på en tidskrift av gammal vana, eller röker ett särskilt cigarettmärke av gammal vana, hatet och skadeglädjen är kort och gott hennes livsinnehåll, hennes religion, hennes högsta njutning, barnatro och livstråd, ett tics på vilket hon byggt hela sin existens. Vid tiden för utgivningen av min tredje bok klev alltså denna primat fram för att hädanefter bita sig fast vid allt jag gör, skrev jag till Bachmann, jag skulle kunna låta översätta ett hittills outgivet mästerverk av Dostojevskij, Faulkner eller Juan Rulfo, eller rentav något av senare snitt, och ge ut det i mitt namn, hon skulle utan tvivel slakta det med den stumma bestialiteten hos de kvinnliga koncentrationlägersvakter som hon i så kusligt hög grad påminner om, också till sin apparition. Min fjärde bok rönte ett liknande öde, den lemlästades på landets samtliga kultursidor med ett sådant obeskrivligt hat och med en sådan obeskrivlig avund att det inte längre kunde råda några tvivel om vari de minsta gemensamma nämnarna består hos detta lands så kallade kulturskribenter, nämligen hat och avund, skrev jag till Bachmann med darrande hand. Min femte och senaste roman, som troligen också blir min sista, skrev jag vidare, avrättade detta monster, denna apa, denna reptil, på ett sätt som för hennes del måste innebära personrekord i hjärtlöshet. Den utspelar sig under ett sekel, skrev jag till Bachmann, och är värd att behandlas med respekt bara för de historiekunskaper den lägger i dagen, eller för dess pastischartade formlek med den ryska romanen, och det är ingen falsk blygsamhet som hindrar mig från att beskriva den utförligare, till form och innehåll, i vilken mån den är nyskapande, dess idévärld, moralfilosofi eller rentav dess egen kosmologi, utan bara min upprördhet så fort jag tänker på hur denna roman misshandlades av en kvinna vars intelligens knappast tangerar en gets, skrev jag till Bachmann, denna parodi på en bildad människa, understödd av en parodi på en upplyst kultursida; det gör mig så deprimerad, skrev jag till Bachmann, att jag tvekar att överhuvudtaget fortsätta att svara på era frågor, som förr eller senare skall ge upphov till en broschyr.

För övrigt förföljdes jag av samma kultur- och nöjesredaktion när jag mot allt sunt förnuft gav ut mina visor på fonogram, fortsatte jag mitt brev till Bachmann. Jag borde ha lyssnat till min hustru, som intuitivt anade att jag nu en gång för alla skulle betraktas som en man med oförlåtlig hybris och därför måste straffas med sjufaldigt hat. I visskrået sökte jag mot allt förnuft medlemskap, skrev jag till Bachmann, i tron att jag där skulle finna en utväg ur den ruin till litteraturlandskap som existerar på dessa breddgrader. Jag skulle lyssnat till min hustrus råd och varningar, skrev jag till Bachmann, hon anade att jag nu skulle utlösa en chockvåg av missunnsamhet på vårt lands största kultursida, vilket också skedde. Helst hade man velat döda mina visor med tystnad, skrev jag till Bachmann, men för att inte väcka misstankar hos de få goda människor som, trots den massiva repressionen, finns kvar på dessa breddgrader och ännu inte tvingats på flykt, valde man istället att recensera den i minsta möjliga format med största möjliga hånfullhet. Ni förstår kanske, skrev jag, varför jag aldrig kommer att återvända till mitt så kallade hemland, och varför jag helt har upphört att skriva både prosa och visor. Jag skulle aldrig ha försökt ansluta mig till visdiktarnas skara, skrev jag till Bachmann, det var som att skriva under sin dödsdom. Följdriktigt förföljde man mig nu också som viskompositör med en helt osannolik gemenhet; genom min obetänksamhet hade jag plötsligt hamnat i korseld, från de litteraturkritiker som hatade mig gränslöst, och från de musikkritiker som hatade mig minst lika gränslöst. Det var ett fruktansvärt misstag, skrev jag till Bachmann, att på detta sätt, mot allt sunt förnuft, låta fienden öppna två fronter. Jag borde inte ha skrivit korseld, rättade jag mig i brevet till Bachmann efter att jag skrivit dit ordet korseld, och jag borde inte ha givit ut mitt fonogram, för i ett litet, mörkt, kallt, hjärtlöst och perverterat land kan en kritiker i ena ögonblicket dyka upp på litteratursidan och i nästa på musiksidan, och alla känner hursomhelst alla, varför jag attackerades under stor konsensus, med stort medhåll även från de inte direkt inblandade, inte bara från två håll utan från alla håll, från ett otal fronter. Hade jag inte bott utomlands, skrev jag till Bachmann, skulle jag förmodligen ha tagit livet av mig.

Jag vill inte på något sätt ondgöra mig i det formulär som bildar underlag till er egendomliga broschyr, skrev jag till Bachmann, men om ni söker sanningen om detta land så tvingar ni mig att berätta den. Jag vet inte om ni möjligen av ren självbevarelsedrift har valt att inte se och inte höra sanningen om detta land tidigare, vilken borde stå klar för alla vid en närmare betraktelse. Det är ett gränslöst vulgärt land, skrev jag till Bachmann, och ett gränslöst vulgärt och osjälvständigt folk, i grund och botten ett folk helt i avsaknad av själ. Ni anar inte hur man apar efter trender i andra länder, det gäller även trenderna i ert land Bachmann, skrev jag till Bachmann. Folk gör resor till de europeiska storstäderna bara för att lista ut vad som för tillfället är på modet just där, så att man så snart som möjligt kan apa efter därhemma, och på så vis försöka tvätta bort den lagårdsdoft man innerst inne är pinsamt medveten om och därför hatar, låt oss kalla det *självhat*, kursiverade jag till Bachmann. Helt fantasilöst apar man efter allt som under stort fantasiarbete föds i de stora kulturländerna; med en hjärndödhet som saknar motstycke i något annat land stjäl man helt skamlöst, man rånar bokstavligen från alla håll, man plundrar kulturländerna på allt brukbart tankegods och återvänder till sina byar där förträngningsmekanismerna är lag, och där man därför, efter blott en kort tidsrymd, tror att allt det man plundrat och rånat sig till i själva verket har skapats därhemma. Värst är det i huvudstaden, skrev jag till Bachmann, där folk i allmänhet också vad det gäller heminredning och skomode är fullkomligt utlämnade till vad de upplever under ett veckoslut i London. Det är ruskigt skrämmande, skrev jag till Bachmann, men mina så kallade landsmän, vilka ni, Bachmann, skrev jag till Bachmann, tycks hysa ett så snedvridet intresse för, är i själva verket inget annat än en plundrande själlös hord, kulturella barbarer av tusenårig vana, andens rånare och tankens våldsmän, kulturella blodsugare, vampyrer, helt utan intellekt, fantasi och initiativförmåga, plagiatörer allesammans, skrev jag till Bachmann, och hade de bott isolerade i djungeln så skulle de genom sin osjälvständighet snart börja imitera diverse primater och mycket snart falla från det plagiat till kulturnivå de har uppnått blott genom att på det osjälvständigaste vis utplundra de kringliggande kulturlandskapen, mycket snart, skrev jag till Bachmann, skulle de leva i träden, utan verktyg; där skulle de kollektivt avlusa varann, leva på frukter och fiska termiter med avlövade kvistar som schimpanserna gör. Det är ett bottenlöst själlöst folk, skrev jag till Bachmann, och ett folk med en skrämmande slavmentalitet. Tro mig Bachmann, skrev jag, detta folk som ni vill göra reklam för i er dubiösa broschyr är ett folk som mycket väl på order från landets byråkrater, till vilka man hyser en fanatisk tilltro, gladeligen skulle begå kollektivt självmord. Så djupt sträcker sig deras slavmentalitet, genom sin viljelöshet är de hundraprocentigt oförmögna till något som helst individuellt tankearbete, eller att på det allra mest grundläggande vis förhålla sig kritiska till lagar, byråkrati och överhet; de tror, skrev jag till Bachmann, att ett myndighetsformulär är en naturlag. Därför utstår de också de mest förnedrande förordningar, därför skulle knappast någon av dem höja sin röst, tvärtom lyda blint, om en myndighet krävde att de allihop skulle hänga sig på nationaldagen. Denna slavmentalitet, skrev jag till Bachmann, är väl dokumenterad. Den är i själva verket upphöjd till allmän norm. Den utgör så att säga nationens psykologiska fundament. Det har hänt att myndigheterna i detalj, i broschyrer utskickade till landets samtliga hushåll, har talat om för folk exakt vad de skall äta, och man har lytt, Bachmann, skrev jag, man har lytt! Man har ätit exakt det som myndigheterna påbjudit, och om det varit rävgift istället för yoghurt eller bröd så skulle man gladeligen även ha ätit det.

Samma sak gäller medierna, deras ord, liksom byråkraternas ord, är allmän lag. I min barndom, skrev jag till Bachmann, samarbetade en gång tidningarna, televisionen, och sannolikt även byråkratin, i ett projekt som troligen syftade till att pröva den blinda lydnaden hos detta av sin gränslösa slavmentalitet genompyrda folk. I samtliga tidningars bilagor fanns det särskilda glasögon, tillverkade av papp och färgad plast, så kallade ”tredimensionella glasögon”, skrev jag till Bachmann, vilka undersåtarna uppmanades att sätta på sig vid ett särskilt klockslag då televisionen visade en så kallad tredimensionell film, en film man skulle uppleva också i djupdimension då man bar dessa så kallade tredimensionella glasögon på näsan. All annan verksamhet lamslogs bokstavligen denna kväll, skrev jag till Bachmann, då folket bestod provet; en hel nation satt där i sin oförblommerade stupiditet framför nationens televisionsapparater och betraktade bildskärmarna genom sina tredimensionella glasögon, det var helt makabert Bachmann, skrev jag till Bachmann, en ond dröm, ty ingen gjorde detta av glädje, även om man möjligen inbillade sig det, utan blott av fruktan att annars bryta en naturlag och dra på sig himlens straff.

Det finns fler exempel, skrev jag, i själva verket är mitt lands historia byggt på dessa exempel. Har ni någonsin besökt vårt sydvästra grannland, frågade jag Bachmann. Där härskar friheten i någon mån, och just därför kontrasteras mitt lands slavmentalitet extra skarpt just där, eftersom inte mer än ett litet sund skiljer de båda länderna åt. I mitt hemland har myndigheterna en lång tradition av att kontrollera undersåtarnas emotioner, skrev jag till Bachmann, att överhuvudtaget kontrollera människors behov av utlevelse, deras högra hjärnhalvor, och därför, det faller sig naturligt, högprioriterar man kontrollen av undersåtarnas konsumtion av stimulerande vätskor och örter, viljan att berusa sig, framför allt då genom alkoholen, skrev jag till Bachmann, eftersom denna ofta ger upphov till svårkontrollerade eruptioner av skratt, lidelser, glädje, även sorg, med andra ord: känslor. Särskilt här utmärker sig myndigheternas perversa kontrollbehov och undersåtarnas minst lika perversa anpassningsförmåga, kort sagt deras masochistiska anspråk på att dompteras, och särskilt i relief till den relativa friheten i vårt sydvästra grannland blir detta plågsamt klart, skrev jag till Bachmann. Nyligen befann jag mig i vårt sydvästra grannlands huvudstad, faktiskt tillsammans med en av era landsmän, skrev jag, en författare, P. Vi stod vid en av de färjeterminaler där dagligen tusentals människor anländer med båt från mitt så kallade hemland. Min kollega P, er landsman, förundrades över den så kallade öltrafiken, det vill säga dessa horder, hundratals, rentav tusentals av mina landsmän, som med något skamset i blicken släpar omkring på stora kärror fullstaplade med ölbackar, ofta fem sex sju stycken lastade på varann, som torn, och hur de släpar dessa torn av ölbackar från ett varuhus vid kajen under heretiska mumlingar bort till färjeterminalen. Är det något slags jippo, frågade min kollega, är det ”bryggeriernas dag”? Jag skakade på huvudet. Är det något slags tävling, frågade han, försöker man slå rekord, är det en stafett? P höll på att skratta sig fördärvad, skrev jag till Bachmann, när jag förklarade för honom att de skulle ta med sig alla dessa mängder öl hem. Släpar de öl över en nationsgräns? frågade P skrattande, har ni inga bryggerier i ert land? Jag blev då tvungen att avslöja den nedstämmande sanningen för honom, varvid också hans skratt upphörde. Senare samma dag, skrev jag till Bachmann, det var vid lunchtid, gick vi runt i den gamla stadskärnan. Överallt satt mina landsmän och hällde i sig obegränsade mängder öl, skamset skrattande, våldsamt berusade, några av dem medvetslösa, och åtskilliga med kläderna drypande av spyor. Hemma skulle de aldrig dricka starköl till lunchen, sade jag till P, det räknas mer eller mindre som en dödssynd för vilken man förväntar sig det yttersta av helveten efter döden, för att inte tala om att ta en snaps till frukost, på helgerna däremot super de sig medvetslösa, men på veckodagarna är det en dödssynd att att ens nyttja apotekarsprit för att rengöra ett sår. P fylldes alltmer av äckel ju utförligare jag berättade för honom om perversionerna i mitt så kallade hemland. Att människor var tvungna att åka till ett annat land för att våga dricka en öl eller snaps till lunchen, vilket räknas som fullkomligt normalt i vilket annat land som helst, fann min kollega P ytterst skrämmande. Hemma skulle de ha fyllts av skam och skuldkänslor, sade jag till P, hemma är de fullkomligt hämmade, sade jag till P, och även här, i grannlandet, fylls de av skam, eftersom de är medvetna om att de är på tillfällig flykt undan de kontrollinstanser de själva tillsatt i sitt hemland. De är prisgivna åt sin egen slavmentalitet var de än befinner sig, sade jag till P, skrev jag till Bachmann, och särskilt tydligt blir det när de heretiskt mumlande släpar ett halvt dussin ölbackar längs kajerna i grannlandet för att ta med dem hem. Här firar deras slavmentalitet sina största triumfer, sade jag till P. Här kröns de i sin egen skam och emotionella impotens, sade jag till P, och även i sina egna spyor, som du märker, men när de väl är hemma skyr de inga som helst medel för att på det ondsintaste vis kritisera tillståndet, särskilt på alkoholpolitikens område, i sitt grannland, och med allsköns pekpinnar på politisk toppnivå också tala om detta för grannlandets politiker, vilka dock bara skakar på huvudet, sedan århundraden tillbaka medvetna om det perversa hos detta ständigt hycklande folk, jag vill inte att ni missförstår mig Bachmann, skrev jag till Bachmann, alkoholpolitiken intresserar mig egentligen inte, det finns viktigare saker på den politiska dagordningen, och här tangerar man ju populismen, jag dricker ju inte ens själv, skrev jag till Bachmann, eftersom alkoholen inverkar negativt på mitt arbete är jag sedan lång tid tillbaka mer eller mindre nykterist, men dessa saker, skrev jag, är symptom på den sjuklighet och skenhelighet som sedan åratal, århundraden, kanske årtusenden, behärskar det land ni nu till min fasa vill göra en broschyr om. Man bedriver en systematisk jakt på människornas emotioner, skrev jag till Bachmann, för att utrota dem och för evigt förinta dem. I detta land straffas till exempel insmuggling av ett kilo hasch högre än våldtäkt på småbarn, det är betecknande, skrev jag till Bachmann, för hasch, som jag i likhet med alkohol ytterst sällan nyttjar trots att jag anser hasch vara en ofarligare drog än alkohol, vilket är en dödssynd att högt yttra i mitt land, ger vid bruk upphov till svårkontrollerade emotioner, medan våldtäkt på en småflicka för alltid dödar denna flickas emotioner, vilket alltså, fast man aldrig skulle erkänna det, tjänar myndigheternas och den utbredda slavmentalitetens syften. Ingen annanstans i världen förföljs emotioner så planmässigt som i det land ni vill göra en broschyr om, skrev jag till Bachmann, i inget annat land hatar man okontrollerade känsloutbrott med en sådan kraft som i mitt så kallade hemland. Det är en tidsfråga, skrev jag, innan man låter fängsla människor som skrattat på offentlig plats. Blott vid en del sportbegivenheter ger myndigheterna sin tysta dispens till okontrollerade emotioner, vid större ishockeyfinaler till exempel, annars betraktas de med största skepsis, avsky och hat. Ni tror att jag överdriver, skrev jag till Bachmann, tvärtom är det svårt att finna ord som konnotativt motsvarar tillståndet i detta land, jag förstår inte varför det överhuvudtaget lockar er, skrev jag till Bachmann.

Det är nu över två år sedan jag besökte mitt så kallade hemland senast, skrev jag till Bachmann, och jag har inga planer på att utsätta mig för det igen inom överskådlig tid. Det var ett misstag att ens åka dit, för övrigt kring utgivningen av min senaste bok, vilken bemöttes med väntat hån, skrev jag till Bachmann, sådant förvånar mig inte längre, däremot var förfallet inom andra områden djupare än vad jag kunnat föreställa mig, och då ligger mina förväntningar ändå på nollpunkten, eller rentav under nollpunkten, sedan åratal tillbaka. Särskilt på televisionens område befann sig förruttnelsen i ett obeskrivligt långt framskridet stadium, ni kan inte föreställa er det Bachmann, skrev jag, den förödmjukelse man där frivilligt utsätter sig för trotsar all beskrivning, och för månader framåt gjorde den mig helt stum av fasa. Det finns ingen ände på den offentliga flagellantismen, folk gör vad som helst på bästa sändningstid för att en gång för alla skjuta mänsklighetens sista värden i sank, för att en gång för alla förvandla nationens redan halvdöda människor till hjärndöda djur, och alltihop i ett makabert samarbete mellan tevepublik, programledare, gäster och nation. I ett program tävlar barn, skrev jag till Bachmann, tre–fyra-åringar, om att sänka lågvattenmärket för mänsklig smaklöshet, ivrigt påhejade inte bara av sina föräldrar utan av hela den tevetittande allmänheten, och givetvis av den ständigt i smaklöshet excellerande pressen. Tre–fyra-åringar som tävlar om att på bästa sätt imitera, sjunga och uppträda som nationens allra mest finesslösa artister, dansbandskungar, efterblivna schlagersångerskor, hjärndöda rocksångare, jag kräktes faktiskt när jag såg det första gången, skrev jag till Bachmann, jag tömde magen på den middag jag just intagit, och i flera dagar efteråt var jag febrig och matt och helt ur stånd att lämna mitt hotellrum där jag för övrigt satt och läste hatiska recensioner rörande min senaste roman. I ett annat program tävlar vuxna människor om vem som är mest lik Elvis Presley eller Madonna eller Sting, och de mest populära får sedan göra bejublade landsomspännande turnéer som Elvis Presley, Madonna eller Sting; de uppträder då för fullsatta hus, skrev jag till Bachmann, där människor svimmar av extas, och följs av ett mindre uppbåd av lika upphetsade journalister från landets största tidningar, man saknar ord, skrev jag, för detta förfall, för denna vidrighet, denna förruttnelse, och snart kommer även politikerna att medverka i dessa tevetävlingar, som Elvis Presley, Madonna eller Sting, för att kamma hem poäng hos den pöbel de uppfostrat i politiskt icke-tänkande, ja, det är bara en tidsfråga innan statsministern uppträder som Elvis Presley under riksdagens öppnande, eller tar emot främmande dignitärer utklädd till Madonna, för politikerna kan med lätthet mäta sig med sina undersåtar i smaklöshet i detta smaklöshetens förlovade land, i själva verket, tillfogade jag i brevet till Bachmann, fungerar de som förebilder för den tämligen djuriska befolkningen och bildar kanon i fråga om smaklöshet och moraliskt förfall. Korruptionsutvecklingen till exempel har de senaste åren följt en exponentiell kurva, så fort någon lyckats uppnå den minsta politiska ställning ser denna någon till att berika sig på det allra skamlösaste vis. Det är ett rofferi och kamaraderi utan gränser. Man skryter till och med om det. Kommunala miljöutskottsordföranden går på bordeller för skattemedel, landstingsråd bjuder sina harem på jordenruntkryssningar, ministerråd, utskottschefer, departementssekreterare försnillar miljontals kronor och bara väntar på pensionen då de genast flyr till Schweiz. Oftast är de män, skrev jag till Bachmann, men kvinnorna är i stort sett inte bättre och kommer snart att vara ikapp och förbi sina manliga kollegor vad gäller detta svineri, de står sig överhuvudtaget gott med tanke på att de varit med i leken betydligt kortare tid än sina manliga kollegor; och språket de använder, skrev jag, för att torgföra sina stinkande skämt till politiska visioner, det är egentligen inget språk utan mera ett slags läten, grymtningar, uppkastningar, ordnade efter en för mig okänd grammatik. Fraseologin har nått hittills oanade höjder i detta land, skrev jag till Bachmann, fraseologins gränser har flyttats ljusår framåt, politikerna talar inte ens längre; de låter. Blott på deras djuriska läten kan man skilja dem åt, och i enlighet med sin smak för skilda läten, råmanden, morranden, väsanden etcetera, går folket iväg till valurnorna, där de träffar sina val, så länge dessa nu får fortsätta, med tanke på att hela spektaklet saknar mening.

Politikerna skapar således koreografin för förfallet i detta land, skrev jag till Bachmann, och med sin omåttliga populism gör de vad som helst för att snika åt sig en stunds uppmärksamhet. Det är inte ovanligt att en partiledare går på så kallade ravefester skrev jag till Bachmann, försök föreställa er det Bachmann, skrev jag, en partiledare som går på en så kallad ravefest, för att öppet demonstrera sin hjärndödhet och vinna några billiga politiska poäng hos en för länge sedan förlorad ungdom. Det är heller inte ovanligt att de uppträder i dessa världsrekordförsök i smaklöshet som arrangeras av tevestationerna, statliga eller privata, det kvittar lika. Där uppträder de i skattjaktstävlingar med en deprimerande regelbundenhet, och utsätter sig frivilligt för samma förödmjukelser som övriga gäster, ofta ett uppsamlingsheat av halvkändisar och djupt förfallna eller neddrogade kulturpersonligheter, som inte har något moraliskt kapital att förvalta eftersom de under hela sitt liv varit främmande för all sorts moral och all sorts kapital. På den nivån befinner sig det politiska ledarskapet i detta land, skrev jag till Bachmann, det är skattjakt och Elvisimitationer från morgon till kväll, och om detta land vill ni nu göra en broschyr, tänk över det för guds skull innan ni gör något dumt.

Det förefaller mig idag otroligt, fortsatte jag i mitt brev till Bachmann, att denna nation en gång i viss mån framställdes som något av en politisk och social förebild utanför landets gränser. Det kan hända att det *var* så, skrev jag till Bachmann, jag vill med tanke på min ålder låta det vara osagt, men det förefaller mig ändå, under rådande omständigheter, smått otroligt att detta i tölpighet troligen oövervinneliga folk, som sedan åratal tillbaka inom alla kända områden, men särskilt på kulturens, befinner sig i fritt fall, på något sätt, för någon annan, någon gång, skall ha kunnat fungera som förebild, ett misstag måste ha begåtts, skrev jag till Bachmann, ett ironiskt felskär, ett practical joke iscensatt av det alltid lika spexglada ödet, men lyckligtvis lyckades man aldrig exportera sin smaklöshet vidare till oskyldiga stater, var glad för detta Bachmann, skrev jag till Bachmann. Överhuvudtaget, skrev jag, är det en obegriplig paradox att ett så själlöst folk vid något tillfälle skulle ha frambringat några som helst banbrytande politiska eller sociala idéer. Låt mig exemplifiera Bachmann, skrev jag till Bachmann; i den stad, eller snarare by, där jag växte upp, och som jag för övrigt vid mer än ett tillfälle har hämtat motiv till mina romaner ifrån, i denna by, eller förort till en landsortsstad snarare, härskade ingen som helst social vision, ingen som helst medkänsla eller form av hjälpsamhet, kärlek till nästan eller solidaritet, inte ens grannar emellan. Tvärtom var allt detta bannlyst i denna på alla sätt för mitt land typiska by; avundsjukan och lusten att plåga sin nästa var istället den enda gemensamma nämnaren för befolkningen i denna by eller förort till landsortsstad, hatet var den härskande sinnestämningen, missunnsamheten var mer eller mindre som syre för dess invånare, utan vilket man inte kunde leva, ingenting gladde dessa bönder mer än andras olyckor, att på det känslolösaste vis få sig ett hånskratt på andras bekostnad, att till varje pris, i gyttjan och gödseln, trycka ner den som hade mod att bryta mot hatets, avundens och hånets i denna by sedan evigheter gällande tradition. Till exempel hade vi en granne, skrev jag till Bachmann, vars lilla företag i rörbranschen var relativt framgångsrikt, beroende på exportkanalerna till våra västra grannländer, vilket i sig var anledning nog till den yttersta avund, denne man, skrev jag till Bachmann, hade genom sitt goda sinne för affärer och sin väldokumenterade flitighet inom rör-området fått råd att köpa sig en fabriksny Mercedes; ni kan inte föreställa er, skrev jag till Bachmann, vilken provokation detta innebar, vilken blasfemi han gjorde sig skyldig till när han över en natt gjorde sig till ägare av en fabriksny Mercedes, det var ett kätteri, skrev jag, som var fullkomligt otänkbart på dessa breddgrader, och straffet lät därför heller inte vänta på sig. Denne framgångsrike småföretagare drog för övrigt grannarnas flerfaldiga hat till sig genom att öppet, *skamlöst* kallade man det i affären, eller på de eviga tipspromenaderna anordnade av fotbollsföreningen dit man vallfärdade familjevis, parkera sin genom flit erövrade fabriksnya Mercedes på sin garageuppfart, varigenom ingen i denna by kunde undgå att upptäcka den svårartade graden av hädelse, vilken snart fick sitt straff, skrev jag till Bachmann. De lät helt enkelt vandalisera den; en natt gick grannarna man ur huse, de var åtminstone sju, skrev jag, och slog sönder denne godhjärtade och flitige mans splitternya Mercedes, helt enkelt för att de inte tålde denna hädelse, för att de kände ett tvingande behov av att ge utlopp för sin medfödda missunnsamhet, vilken annars, det var den allmänna tron, skrev jag till Bachmann, hotade att spränga dem. Efteråt var de mycket glada och gjorde ingen hemlighet av sitt nattliga dåd, inte ens för den godhjärtade småföretagaren som på ett typiskt sätt för de få godhjärtade människorna på dessa breddgrader utan protester fann sig i sitt öde. Vi slog sönder din Mercedes, sade de till honom på någon av tipspromenaderna, eller möjligen i affären, du gjorde dig skyldig till en hädelse och vi straffade den genom att slå sönder din fabriksnya Mercedes; hade den inte varit fabriksny, sade de, och inte varit av märket Mercedes, hade vi inte slagit sönder den, sade de, men nu begick du en allvarlig förbrytelse mot kutymen i vår by genom att skaffa dig inte bara en Mercedes, utan till råga på allt en fabriksny Mercedes, och därför var vi tvungna att straffa dig. Detta är ett exempel av tusen, Bachmann, skrev jag till Bachmann, jag skulle kunna fylla samtliga era broschyrer och formulär med historier av ungefär samma art, med tiotusentals av dem, med hundratusentals rentav, men de gör mig så deprimerad att jag avstår.

Men ett exempel som detta, fortsatte jag, kanske besvarar den bland utlänningar så ofta återkommande frågan om självmordsstatistiken på dessa breddgrader. Den frågan dyker ofta upp när jag talar med era landsmän här i staden, vilka ofta semestrar i mitt så kallade hemland och ofta har en helt snedvriden och skrämmande romantisk bild av detta land, troligen förförda av naturen, tillfogade jag i brevet till Bachmann, förvisso en bild anammad genom mänsklig troskyldighet och en naturlig oförmåga att föreställa sig en så ofattbart djup själlöshet som den som härskar på dessa breddgrader; dessa era landsmän, skrev jag, inbillar sig ofta att den höga självmordsstatistiken i deras för mig så obegripligt omhuldade semesterland skulle bero på de långa vintrarna, mörkret, alkoholvanorna och tillgången på jaktgevär. Jag känner mig då tvungen att gå i svaromål, skrev jag, och på ett sakligt vis förklara den rätta bakgrunden till den stora bristen på livslust, vilken betingas av allt ovan nämnt från mitt brevs början, skrev jag i mitt brev till Bachmann. Är det förvånande, skrev jag, att jag förhåller mig skeptisk när ni nu ber mig att medverka i en broschyr om detta land, tänk efter Bachmann, är det verkligen så förvånande?

Ni måste förstå Bachmann, skrev jag, att det inte finns något som gör mig mer ursinnig än de falska myterna om detta land, av vilka oräkneliga mängder finns i omlopp, i högsta grad hos er, vilket till lika delar beror på en mänsklig godtrogenhet hos era landsmän och en helt ofattbart cynisk propaganda från myndigheterna i det land jag mest av allt hatar. De falska myterna är nämligen detta lands enda möjlighet att överleva internationellt; finge andra reda på sanningen om detta världens gemenaste och tarvligaste land, skulle de troligen starta ett krig för att förgöra det, vilket borde skett för länge sedan. Det är ett land och ett folk som internationellt har byggt sitt rykte på de mest cyniska lögner och myter. Välfärdsidén är en lögn, solidariteten med tredje världen är en lögn, den rena naturen är en lögn, historieskrivningen är en lögn, till och med den internationellt så omhuldade föreställningen om sexuell frigjordhet är en lögn. Någon sexualitet existerar överhuvudtaget inte i detta sjukligt pietistiska land, skrev jag till Bachmann, ett frigidare och impotentare folk har historiskt sett aldrig funnits till, skrev jag till Bachmann. Detta är utan tvekan världens mest sexualhämmade och bigotta folk, det slår alla tidigare rekord, det viktorianska, det vilhelminska, det lämnar allt annat bigotteri, all annan frigiditet och impotens fullkomligt bakom sig. Det förvånar mig att barn överhuvudtaget kommer till med tanke på tillståndet på sexualitetens område i detta land, det lilla könsumgänge som existerar sker under de allra råaste former, under våldsamma rus, krampaktigt, brutalt, i nedsläckta rum, i nyttjande av högst två ställningar, helt utan känslor och med total avsaknad av något som kan liknas vid en normal europeisk orgasm; så ligger det till på den punkten, skrev jag till Bachmann, vad ni gör ha aldrig sexuellt umgänge med någon av mitt hemlands kvinnor, varnade jag Bachmann, det gör er bara bitter och sjuk och för åratal framåt oförmögen att känna glädje över det motsatta könet. Och låt mig nu återknyta till historieskrivningen innan jag förgiftas av tanken på frigiditeten och impotensen i mitt så kallade hemland, skrev jag, också här känner jag mig tvungen att blottlägga en lögn; i årtionden har man på dessa breddgrader odlat en myt om att vara den västra hemisfärens samvete, ett rättesnöre för all världens folk, en förebild för världssamfundet, särskilt när det handlar om politisk moral, solidaritet med de svaga, i internationella fredssträvanden, nedrustningsfrågor, miljöfrågor etcetera, skrev jag till Bachmann, men, tro mig, alltsammans är lögn. Det finns inget annat folk som med ett så cyniskt kallhamrat mästerskap kan spela med falska kort, så opportunistiskt ställa sig på de starkas sida mot de svaga, och samtidigt dölja detta med de mest sataniskt utarbetade lögner, av vilka man ständigt och vidrigt slår mynt. Låt oss gå fem decennier tillbaka, skrev jag till Bachmann, vilket inte minskar värdet i mitt vittnesmål, tvärtom, då de länder som nu ingått en union låg i krig med varandra, och mitt så kallade hemland utgav sig för att vara neutralt. Denna neutralitet är en nationellt omhuldad myt vilken man för syns skull, för att ställa sig in hos grannländerna, då och då tar upp till debatt och påstår sig vilja göra upp med, fastän det i själva verket är tvärtom Bachmann, skrev jag till Bachmann; denna myt har man inga som helst planer på att avtäcka, eftersom man då skulle exponera hela sitt väl dolda världsrekord i ondska, denna myt behöver man för sin trovärdighets skull och för sin internationella existens. För varje tänkande människa, på vilka det råder akut brist i denna nordliga öken, skrev jag till Bachmann, står det klart att detta land aldrig var neutralt, aldrig hade några planer på att vara neutralt, att det tvärtom hade hatat att vara neutralt, att det blott ljög om sin neutralitet, samtidigt som det med full kraft stödde aggressorn, i det här fallet tyvärr ert land Bachmann, skrev jag, det är ju ingen idé att hymla. Till ert land var man beredd att sälja ut samtliga sina naturtillgångar bara för den smaklösa glädjen i att få stå på den starkares sida och att få sola sig i den starkes glans, det är helt sant, skrev jag, det är mer än sant, och för att kunna göra detta var man beredd att betala vilket pris som helst. Vårt lands kung var en fanatisk beundrare av ert lands diktator, Bachmann, skrev jag, och i enlighet med de stinkande hierarkiska lagar som härskar på dessa vämjeliga breddgrader stod folket med få undantag enat bakom sin sinnesslöe kung. På det råaste vis understödde man aggressorn när han lade under sig grannländerna, eller broderländerna som man mitt under brinnande krig hade mage att kalla dem. Man lyfte inte ett finger till deras hjälp, tvärtom gottade man sig åt deras olyckor, tyvärr under ert lands diktatur, skrev jag till Bachmann, och gjorde heller ingen hemlighet av sina sympatier med ert lands diktatur, tvärtom, den starke understödde man på alla vis, med alla medel, särskilt med råvaror, teknik och kommunikation, stål, pappersmassa och kullager, i viss mån även med logistik och så ofta man kunde med uppgifter om politiska motståndare, och framför allt moraliskt. Under brinnande krig fick ert lands armé mer eller mindre fri bruksrätt på mitt så kallade hemlands järnvägsnät, och kunde till folkets smaklösa jubel helt gratis resa fram och tillbaka mellan de så kallade broderländerna och där plundra och mörda så mycket de kom åt. Jag vill inte provocera er Bachmann, skrev jag till Bachmann, men jag känner mig tvungen att ta upp vissa historiska vidrigheter för att kunna visa på vidrigheten i mitt eget hemlands agerande under samma tid, för utan illvilligheten hos folket och makthavarna i mitt hemland hade ert folk i mycket mindre grad kunnat utföra sina väl dokumenterade illdåd i just dessa grannländer, det är mer än väl bevisat, skrev jag till Bachmann. Under former som är helt själsfrämmande för varje land med en miniminivå av internationell rättskänsla lät man er ockupationsarmé nyttja järnvägsnätet, det liknade ibland rena kortegevägen, skrev jag, med mina landsmän församlade i jublande horder på järnvägsstationerna där ert lands ockupationsarmé for förbi, och som belöning för detta smaklösa jubel och moraliska understöd lät era landsmän, Bachmann, ofta kasta cigarettpaket till mina dåtida så kallade landsmän, det vill säga mina mor- och farföräldrar, innan de gratis, under applåder, reste vidare för att mörda och plundra i grannländerna så mycket de kom åt. Man skämdes heller inte det minsta för att efterapa hela kulten kring er ledare, skrev jag till Bachmann, man gjorde till och med era hälsningar med rakt utsträckt arm, till och med med ännu rakare och utsträcktare armar än hos era allra mest fanatiska undersåtar, samtidigt som grannfolken led de ohyggligaste plågor för vilka man blott hade hånskratt till övers, spott och spe och en bödels kyla, det var sannerligen ett svårslagbart svineri, det är jag den första att erkänna Bachmann, skrev jag, fast jag inte själv var med. Inte ett finger lyfte man för sina broderfolk, utom för det östra grannlandet där man hade långsiktiga territoriella anspråk och därför, från det östra grannlandet, tog emot några tusen flyende barn vilka man säkert satt i tvångsarbete bara man vågat, men de västra grannländerna, särskilt det nordvästra, med vilket man blott fyrtio år tidigare hade varit i union, det sålde man ut på ett så frånstötande vis att det svårligen låter sig kläs i ord. Ändå, vilket ovanstående exempel på det allra mest klargörande vis motsäger, försummar man aldrig ett tillfälle att utmåla sig som räddare och hjälpare av människor i nöd under kriget, att på det groteskaste vis pryda sig med lånta fjädrar, men vad man bygger dessa lögner på är den för detta land i grund och botten själsfrämmande filantropin hos ett par tre privatpersoner som dessutom systematiskt motarbetades av myndigheterna. Dessa män, skrev jag till Bachmann, vilkas namn ni säkert är bekant med, var ingenting annat än undantag som bekräftade regeln om det obeskrivliga människoföraktet i detta land, goda anständiga människor som helt osjälviskt i sin för dessa breddgrader strängt otypiska människokärlek och allmänna rättskänsla, kort sagt anständighet, hade beslutat sig för att rädda livet på så många förföljda som möjligt. För detta fick de inget som helst stöd av sitt folk eller sina myndigheter, utom i yttersta undantagsfall, skrev jag, och när en av dem försvann under dunkla omständigheter gjorde man självfallet inga ansträngningar för att bringa klarhet i hans öde. Och utifrån dessa privatpersoners personliga hjältedåd har man i åratal systematisk byggt vidare på den fräcka lögnen att landet, folket, skulle ha varit räddare och hjälpare under kriget, när landet och folket i själva verket med ohöljd motvilja åsåg dessa privatpersoners hjältedåd och i själva verket gjorde allt för att obstruera dessa privatpersoners hjältedåd, jag kanske överdriver något Bachmann, skrev jag till Bachmann, men i grundläggande mening har jag rätt. För övrigt, tillade jag, existerar det inte längre några privatpersoner av en sådan hög moralisk dignitet i detta land, och egentligen förvånar det mig att de överhuvudtaget har existerat med tanke på det historiska tillståndet i detta land. Sammanfattningsvis, tillfogade jag, kan det sägas att man på dessa breddgrader sedan århundraden tillbaka gläds åt sin moraliska deficit, och att man bara hemlighåller sin glädje och sin moraliska deficit av taktiska skäl. Ingenting ni hör från detta folk är spontant, skrev jag, snarare är alla utspel från detta folk av taktisk karaktär. Engagemanget för tredje världen är taktik, de opportunistiska utspelen i dagsfrågor, såsom sexuellt utnyttjande av barn, drog- miljö- eller arbetslöshetspolitik, för övrigt all karitativ verksamhet hos detta folk, är taktik.

Vill man hitta sanningen om detta folk är det bara att slå upp närmsta boulevardtidning, skrev jag till Bachmann, boulevardpressen på dessa breddgrader uppvisar nämligen med största möjliga tydlighet för läsaren vad för folk och vad för land läsaren har att göra med. Jag vill inte att ni missförstår mig Bachmann, skrev jag till Bachmann, boulevardpressen i ert land utgör i sanning inget föredöme, tvärtom befinner den sig liksom kontinentens övriga boulevardpress på en deprimerande låg nivå, men i jämförelse med boulevardpressen i mitt hemland så hycklar den åtminstone inte. Alla vet, skrev jag till Bachmann, att det är en fräck lögn när boulevardpressen i ert land påstår sig ha siktat farkoster från främmande planeter, när den saluför diverse underkurer, presenterar en genetisk metod att få liv i utdöda dinosaurier, porträtterar kalvar födda med hundhuvuden, en potatis med Elvis ansikte mystiskt tecknat i skalet, och så vidare, men eftersom alla *vet* detta, kursiverade jag, är den fräcka lögnen i själva verket inte så fräck, den är accepterad hos läsaren av dessa boulevardtidningar, vilka självklart ändå inte, det vill jag understryka, skrev jag till Bachmann, utgör något föredöme utan snarare, tvärtom, utgör en allvarlig förolämpning mot all intelligens. Acceptans är ordet jag söker, skrev jag till Bachmann, att *genomskåda* och *förvänta sig* fräcka lögner ger anledning till en viss acceptans, skrev jag. Hos er tvekar man heller inte att presentera de allra snaskigaste mord på ett vis som väcker sexualpornografiska instinkter hos läsarna, att ljuga om prinsessorna av Monacos äktenskapliga snedsteg, att göra dunkla anspelningar på karaktärslösheten hos invandrarna, eller att dagligen, helt smaklöst, visa en avklädd kvinna på sidan nio, vars namn och ursprung man givetvis ljuger om i lika hög grad som man ljuger om allt annat. Allt detta är vidrigt och kan aldrig utgöra ett föredöme, men man hycklar åtminstone inte, skrev jag, man försöker inte på något sätt att framställa sig i bättre dager, att framställa sig som seriös, med budskap och kultur, man gör ingen hemlighet av sina lögner och dunkla anspelningar, dessa utgör så att säga förutsättningen för hela boulevardpressindustrin, vilket alla är medvetna om, skrev jag till Bachmann, och det är därför man hos er aldrig slår vidrigheten och den grava bristen på föredöme hos mitt lands boulevardtidningar, skrev jag, eftersom man där har gjort hycklandet till en formidabel sport, en mångkamp i skiftande hycklerier, ett hycklande helt utan gränser, en uppvisning i dolda lögner, utbredda i tallösa dimensioner, och för detta, skrev jag till Bachmann, finns det åtminstone inte hos mig den minsta acceptans. På mitt så kallade hemlands boulevardtidningar presenterar man allt som finns i ert hemlands boulevardtidningar, utom den nakna flickan på sidan nio, vilket strider mot den pietistiska moralen på dessa av pietism och dubbelmoral kroniskt infekterade breddgrader, men som å andra sidan uppvägs av den illustrerade postorderreklamen för sodomistiska videofilmer på sidan tjugosex. Man väjer heller inte för några som helst våldspornografiska mordfall, vilkas utförande beskrivs i detalj, med fotografier på de ännu blodiga tortyrredskapen, intervjuer med seriemördare, glada porträtt av pedofiler, hemma-hos-reportage hos nekrofiler, vidlyftiga skvallerbilagor eller snarare påkostade förföljelsekampanjer mot idrottsstjärnor med spritproblem, nyskilda politiker, författare i krogslagsmål, etcetera. Men samtidigt håller sig denna press med ledarsidor och kultursidor, för debatter, visserligen skrämmande undermåliga, men ändå debatter, säljer moraliska budskap och utger sig för att vara ytterst seriös, i allafall betydligt mer seriös än boulevardpressen i ert land, vilken man aldrig undlåter att förfasa sig över. Det är ett hycklande helt utan gränser, skrev jag till Bachmann. Det är ett hycklande som saknar motstycke någon annanstans i historien. På ena sidan en debatt om budgetunderskottet, på nästa ett porträtt av en seriemördare vars konto man just har fyllt med en mindre förmögenhet för ensamrätten till en intervju. På kultursidan en förvisso undermålig intervju med en blyg diktare, och i personförföljelsebilagan ett dussin sidor bort ett fotografi av samma diktare när han förs bort av polisen efter ett krogslagsmål, med en rubrik i stil med *Galen poet löpte amok*. Är det konstigt, skrev jag till Bachmann, att folk löper amok? Inte med en sådan press. Hycklandet har blivit en livsåskådning på mitt så kallade hemlands boulevardtidningar, skrev jag till Bachmann, ett publicistiskt sakrament. Allt de handlar om är sodomi och våld och skandaler, allt de *vill* handla om är sodomi och våld och skandaler, allt de *förmår* handla om är det ovan nämnda, men de utger sig samtidigt för att vara seriösa, de för, förvisso parodiartade, debatter, saluför härsken moral, recenserar kalkonartade utställningar, det är vansinnigt motbjudande, skrev jag till Bachmann, men det är typiskt, ty hycklandet är Gud i detta land.

Det snabbaste sättet att göra karriär och skapa en förmögenhet i detta land, vid sidan av massmördarkarriären som med åren tycks ha blivit ytterst lukrativ, skrev jag till Bachmann, är att arbeta som journalist eller krönikör på dessa boulevardtidningar. Låt mig ta ett exempel, skrev jag; kort innan utgivningen av min senaste och troligen sista roman, som för övrigt anmäldes med sedvanligt hån på landets kultursidor, hade en av dessa boulevardtidningskrönikörer samlat sina boulevardtidningsbetraktelser i bokform. Denna bok med samlade boulevardtidningskrönikor beskrevs mer eller mindre som en litterär sensation, dessa boulevardtidningskrönikor anmäldes under det mest öronbedövande jubel på största möjliga plats på landets så kallade kultursidor, och följdes genast av extatiska inslag i nyhetstelevisionen, skrev jag till Bachmann. Det är helt ofattbart på era breddgrader, skrev jag, men i detta land betraktar man utgivningen av boulevardtidningskrönikor som den största av alla litterära händelser, som den största av alla händelser överhuvudtaget. Denna boulevardtidningskrönikesamling framställdes genast som årets litterära sensation, möjligen som årtiondets skönlitterära bok, som en vägvisare för den framtida nationella prosan, språkligt banbrytande utan några motsvarigheter det sista halvseklet, ett stilistiskt mästerverk, kort sagt ett prosaverk av världsklass. För landets kulturdilettanter, skrev jag till Bachmann, verkade det inte det minsta egendomligt att man kan skapa världslitteratur med ett motivval av popgrupper, betygsättande av filmstjärnor ur amerikanska såpoperor, kinarestaurangbesök och ute- och innelistor, men i detta själlöshetens förlovade land är som ni förstår allting möjligt. Egentligen finner jag det anmärkningsvärt, skrev jag, att ni, Bachmann, överhuvudtaget har kontaktat mig för ert vanvettiga projekt med broschyren när ni istället kunde ha sökt upp denna författare av boulevardtidningskrönikor.

Jag vill inte gå för djupt in på denna boulevardtidningskrönikeförfattare, skrev jag, som för övrigt är en helt ung kvinna. Jag har personligen inget emot denna krönikör, men hon förefaller mig vara en symbol för tillståndet i det land ni ämnar göra en broschyr om. Numera, tillade jag, är det för övrigt på detta vis man inte bara skapar sig en förmögenhet utan också förvärvar kulturell status i mitt så kallade hemland, skrev jag till Bachmann. Framför allt försöker ungdomen i mitt så kallade hemland göra sig en karriär och förmögenhet genom att ta jobb i den svinaktiga och äckelframkallande mediaindustrin. Det räknas numera som högsta livsmål, skrev jag, att göra karriär som boulevardtidningskrönikör eller programledare för någon av de fullständigt själlösa så kallade talkshowerna som möter en var gång man i sin enfald och med sitt bristande minne vad gäller själlösheten i detta lands mediamiljö knäpper på en teve. Där firar själlösheten dagliga triumfer, skrev jag, där möter man en veritabel orgie i poänglösa vitsar, massakrer på modersmålet och planmässiga försök att dra ner mänskligheten på apnivå. Ni kan inte föreställa er denna elektronöverförda gemenhet, skrev jag till Bachmann. Ni kan inte föreställa er de lagrar i mänsklig efterblivenhet som, kväll efter kväll, året runt, på bästa sändningstid, skördas i dessa så kallade talkshower. Det är en mental lemlästning utan like, en stegling av allt mänskligt värde, en tortyr så ofattbar att den kan få döda föremål att skrika av smärta. Det är för övrigt en regel, skrev jag till Bachmann, att programledarna i dessa så kallade talkshower bjuder in programledarna för andra så kallade talkshower för att intervjua dessa om deras så kallade talkshower, eller om hur livet ter sig som programledare för dessa talkshower, och för att tillsammans dra poänglösa vitsar och göra framgångsrika försök att dra ner mänskligheten på apnivå. Vid ett tillfälle, skrev jag till Bachmann, knäppte jag i min omdömeslöshet på en av de två statliga televisionskanalerna och fick där se en programledare intervjua en annan om livet som programledare för en annan så kallad talkshow, båda lika motbjudande, och när jag då av ren instinkt, av rent äckel, slog över till den andra statliga kanalen, satt, tro mig Bachmann, samma två motbjudande programledare där, till och med i samma kläder, fast nu i omvända roller som programledare och programledargäst och intervjuade varandra om livet som programledare för talkshower. Minst en av dessa så kallade talkshower, tillade jag i brevet till Bachmann, måste ju ha varit förinspelad, någon annan förklaring kan jag helt enkelt inte ge.

Det är bara ett exempel, skrev jag till Bachmann. Vad som försiggår på de privatägda kanalerna skall vi inte tala om. Där räcker det med att ställa fram ett par gamla trädgårdsmöbler, en plastpalm, en koreansk videokamera av billigaste kvalité och bjuda in en eller annan hjärndöd populärmusiker eller mannekäng, sedan är man i princip miljonär, och framför allt räknas man som en stor och intressant personlighet. Där leker tonåringar sanning och kånka på bästa sändningstid, där härjar talkshower specialiserade på sadomasochism, jag har inget emot sadomasochister, skrev jag till Bachmann, om de presenteras på åtminstone en människoapas intellektuella nivå, men i de privatägda kanalernas så kallade talkshower är programledare tillika gäster, sadomasochister eller ej, i stort sett inte intelligentare än ryggradslösa djur, här sträcker sig den intellektuella horisonten sällan över en amöbas, jag förstår inte ens vad de säger, skrev jag, det liknar mest grymtningar, råmanden och plötsliga tjut. Hur kan ni göra broschyrer om ett land vars samlade ungdom inte har något högre livsmål än att slå sig fram som boulevardtidningskrönikörer, skrev jag, eller programledare för talkshower, statliga eller privata, med eller utan sadomasochister, och intervjua andra programledare för talkshower och försöka dra ner mänskligheten på apnivå under vilda råmanden och tjut? Jag finner projektet misstänkt, skrev jag till Bachmann. Helst av allt skulle jag vilja glömma allt som har med dessa bredgrader att göra, helst av allt skulle jag vilja byta pass, nationalitet, hårfärg, identitet, modersmål, minne, historia, kromosomer och stamträd, men det går ju inte. Som författare är jag fullständigt utlämnad åt det enda språk jag till fullo behärskar, det är en fasansfull sanning, tillfogade jag, och det hela är väl närmast att jämställa med dessa stackare som föds i fel kropp, transvestiter av det ena eller andra slaget. Jag hatar verkligen detta folk, varför är jag inte född till namibier skrev jag; eller engelsman eller malaj? Och jag förstår i sanningens namn inte ert projekt med broschyren. Ni måste ju begripa att ni mer eller mindre omedvetet gör er till språkrör för den samlade gemenheten hos dessa världsrekordhållare i gemenhet genom att publicera en broschyr om dem; ni begår, tro mig, ett ytterst allvarligt misstag.

Jag hade vid dessa sista meningar återigen så till den grad uppfyllts av mitt hat att jag för ett ögonblick måste släppa pennan och hyperventilera. Det dröjde flera minuter innan jag kunde återvända till mitt svarsbrev, nu med ett litet glas anislikör som tröst intill mig på skrivbordet. Låt mig för ett kort ögonblick återvända till den författare jag nämnt ovan, skrev jag, den unga kvinnan vars första bok redan kommit att räknas till mitt så kallade hemlands nationella kulturarv, den moderna mästarinnan inom prosagenren, det vill säga författarinnan av boulevardtidningskrönikorna; för att återknyta till denna förvisso glada unga kvinna som säkert inte har skrivit sitt mästerverk i ont uppsåt, som säkert inte ens själv trodde sig ha skrivit ett mästerverk utan blott en bok med sina samlade opretentiösa boulevardtidningskrönikor, som kanske blev djupt förvånad över att bli geniförklarad på mitt hemlands så kallade kultursidor, som kanske rentav med förakt kunde konstatera hur bottenlöst själsligt utarmade dessa så kallade kultursidor måste vara när de geniförklarar en boulevardtidningskrönikör; för att återvända till denna författare så vill jag med bestämdhet understryka att det är en ren tillfällighet att det här rör sig om en kvinna. I själva verket, det måste jag tillstå, skrev jag till Bachmann, är det djupt orättvist att peka ut en kvinna som exempel på det litterära lågvattenmärket i mitt hemland, för bland männen ser det minst lika illa ut, ja, i själva verket är det bland männen hundrafalt värre, om man överhuvudtaget kan föreställa sig något sådant. Bakom de senaste decenniernas tveklöst största boksuccé i det land ni nu till min bestörtning vill göra en broschyr om, skrev jag, står en man, eller rättare sagt, en parodi på en man. Ni kan inte ens i era värsta nattliga mardrömmar föreställa er en så vidrig och smaklös karl, en man som i sin vidrighet och smaklöshet bara överträffas av innehållet i hans egna böcker. Dessa ofattbart smaklösa böcker, skrev jag till Bachmann, dessa inbundna koncentrat av all mänsklig låghet, vilka jag, liksom i fallet med boulevardtidningarna, naturligtvis bara har läst i profylaktiskt syfte, för att vaccinera mig mot själlösheten, för att rädda mig från vansinnet, för att lära känna fienden så att säga, dessa i kunskapsförakt och fördomsfullhet epokgörande prosaverk, dessa böcker som vad gäller all mänsklig nedrighet har bildat nationell kanon, skrev jag med darrande penna till Bachmann, har i det land ni i er broschyr så omdömeslöst vill propagera för slagit alla tidigare kända försäljningsrekord, vilket inte är det minsta konstigt, tillade jag, för här är det fråga om total identifikation. En hel nation har slutit upp bakom dessa böcker, ett helt folk har i sin extatiska lojalitet med smaklösheterna i denna så kallade litteratur utsett denne författare till sin nationalskald. I själva verket är man förvånad över att han inte nått samma status i varje annat land nämnt i en atlas. Detta tycker man är djupt gåtfullt: att denne författare inte har slagit i till exempel Kina, Elfenbenskusten eller USA, för man är övertygad om att man här har frambragt en författare av världsklass, kanske den bästa någonsin, en övermänniska på litteraturens område, en man som i sina böcker spänner från Höga visan till postmodernismens sällsynta mästare, som tagit essensen av samtliga historiens mästerverk, destillatet av två årtusendens litteratur, och av detta skapat en litteratur som så att säga är en världslitteraturens ”crème de la crème”. Man skriver avhandlingar om hans böcker. Man filmar dem med nationens mest kända skådespelare i huvudrollen. Man debatterar dem i pressen som vore de av större nyhetsvärde än en invasion från Mars. Man låter publicera dem i följetonger i samma takt som bladen spottas ut ur författarens stinkande printer, det vill säga dessa vidrigheter kan man på tidningarnas mittuppslag, eller i dess ofattbart efterblivna bilagor, ta del av i stort sett varje dag, ty vad denne man brister i talang har en fyrdubbel omvänd motsvarighet i hans gigantiska själlösa produktion, vilket inte vill säga lite, och man gör det Bachmann, tillfogade jag, samtliga människor på dessa breddgrader läser, mållösa av glädje, galna av extas, varje rad som denne författare spottar ur sin stinkande printer, det är inte klokt, man borde utplåna detta land från jordens yta.

Denne man har själv vid ett antal tillfällen uttryckt sin förvåning över att han ännu inte står staty på samtliga huvudstäders samtliga torg, denne man försummar aldrig ett tillfälle att berätta om hur hans läsare brukar resa runt i hans hjältes fotspår, dricka kaffe eller öl på samma ställen som romanernas hjälte, beställa in samma halvruttna mat och vulgära cigarrer, denne man är naturligtvis i lika hög grad som hans mentalsjuka läsare övertygad om att han nått en halvguds status, denne man är mer än anledning nog för att lämna landet, han förföljer en bokstavligen från vartenda medium på dessa breddgrader, är han inte med i någon av de vämjeliga talkshowerna som gäst så är han med i någon av de vämjeliga talkshowerna som programledare, han yttrar sig om allt på det mest outhärdliga vis, från k-märkningen av byggnader till kroppsvård, så kallad bodybuilding, vilket denne man själv sysslar med tre timmar om dagen, helt i gisslan hos sina mindervärdeskomplex, och inte minst, skrev jag, så har han åsikter om litteraturen. Inom litteraturens område försitter han aldrig en chans att häckla och håna med tvånget hos en heroinnarkoman, han är en tvångsmässig litteraturtyckare, skrev jag till Bachmann, en sann missbrukare, inte minst inom litteraturens område, som ju er broschyr inte bara vidrör utan som så att säga utgör er broschyrs grundkoncept; ni blir troligen inte förvånad, skrev jag till Bachmann, när jag avslöjar att denne man är fanatisk jägare. Ingenting Bachmann, skrev jag, äcklar mig mer än jägarna på dessa breddgrader, och av dem går det tretton på dussinet. De privata och statliga televisionskanalerna bjuder över varann för att regelbundet få göra program om denne författare när han går på jakt. Vid ett tillfälle, på bästa sändningstid, skrev jag till Bachmann, hade denne så kallade författare till och med en egen så kallad talkshow som inte handlade om något annat än jakt. Där satt han med sina oslagbart imbecilla vänner i en jaktstuga, söp till på tredje klassens hembränt, drog fräckisar, laddade bössan med dumdumkulor och petade i brasan med skenbenet av ett nyss avrättat villebråd, innan han med tevekamerorna hack i häl gick ut för att i fyllan skjuta ihjäl några oskyldiga djur, vilka troligen hetsades fram ur buskarna av ett drevlag bestående av fanatiska pryoelever från den statliga televisionen. Sedan tillbaka till jaktstugan för att röka cigarr, filosofera över jaktsymboliken i amerikanska trivialromaner, alltmedan de helt hjärtlöst sprättade upp bukarna på de oskyldiga villebråden, flådde, styckade, hackade, högg, lemlästade och skar, bokstavligen badade i blod, firade en orgie i hominid mordlusta, och fyllde nationens vardagsrum med hela bredden av sin vämjelighet och andliga mongolism, förlåt mig Bachmann, skrev jag, men jag måste ta en paus innan jag kollapsar.

Denne man, tillfogade jag, dock utan att ta en paus, symboliserar, trots att han nu enligt egen uppgift har upphört att skriva romaner, på alla vis den högkaratiga brutaliteten på dessa breddgrader, denne man förkroppsligar så att säga dessa breddgrader, där inget högre värde existerar än att skjuta ihjäl oskyldiga djur, stycka dem och flå dem, gräva med blodiga fingrar i de rykande inälvorna, alltmedan man intar brännvin och filosoferar på psykopaters nivå, är det konstigt Bachmann, skrev jag, att jag har upphört att skriva skönlitteratur, när en man som denne bildar kanon på litteraturens område i mitt så kallade hemland? Överhuvudtaget är brutaliteten en bärande bjälke i mitt så kallade hemland, associerade jag vidare, våldet sticker fram sitt ansikte vart man än vänder blicken. På helgerna i huvudstaden är det snarare regel än undantag att bli hotad av knappt könsmogna ligister som tar frågan om ens klädval som intäkt för att halvt slå ihjäl en, som ber om eld till en cigarett som inte existerar, för att sedan, när man på ett naivt men absolut inte inställsamt vis tar fram sina elddon, köra en knytnäve rakt i ens ansikte, om man har tur, för dessa ligister, som landet förtjänar med tanke på moralbristen hos föräldragenerationen, använder också tillhyggen i form av knivar, flaskor, påkar, knogjärn, livremmar och så kallade karatepinnar, eller helt enkelt sina hjärnskodda fötter, för att avliva närmsta oskyldiga nattvandrare, det är talande, skrev jag till Bachmann, men österländska kampsporter är de populäraste sporterna bland ungdomen i mitt land.

Förutom den utbredda omoralen, lågheten hos uppfostrarna, jaktkulten och den katastrofala grundskolan där barnen får hålla till godo med begagnade serietidningar och knappt läskunniga lärare, betingas brutaliteten hos ungdomen av inhemska och amerikanska våldspornografiska filmer. Det statliga filmstödet i mitt så kallade hemland utgår gärna till nationella produktioner av detta slag, där regissören och skådespelarna själva har ett förflutet som våldsverkare och svårt belastade kriminella. Detta premieras gärna. I själva verket utgör ett våldskriminellt förflutet ofta en grundförutsättning för att få stöd från den statliga filmfonden, vars styrelse består av ett koncentrat av landets kulturpsykopater. Kort innan jag lämnade landet, skrev jag till Bachmann, gick halva årsbudgeten hos den statliga filmfonden till just en sådan film, en ungdomsvåldsfilm, som man i sin vämjeliga propaganda hade mage att kalla en antivåldsfilm. För att fatta mig kort, skrev jag till Bachmann, satsade man tiotals miljoner på denna så kallade antivåldsfilm, vars vidrigheter jag här inte vill gå alltför djupt in på, inte av tidsbrist, skrev jag, en sådan existerar ju inte i mitt fall vilket ni kanske har förstått av längden på mitt svarsbrev, men för att dessa vidrigheter så till den grad fyller mig med självmordsimpulser att jag löper risk att skjuta mig om jag i skrift skulle ge mig i kast med dem. Denna i amatörism svårslagbara filmproduktion tvingade man därefter landets samtliga skolelever att gå och titta på, vilket de gjorde med glädje, för denna film handlade ju inte om något annat än vad detta lands ungdom allra helst så skamlöst njuter av: våld. Hela handlingen bestod av våld, skrev jag till Bachmann, ingenting annat än det mest motbjudande råa våld. Gatuvåld, karatevåld, sexvåld, mord och rånvåld, det var mer eller mindre en instruktionsfilm i våld, en grundkurs i djurisk brutalitet, en pedagogisk manual i konsten att slå ner oskyldiga medborgare, lemlästa dem, sparka ut deras tänder, pissa på deras lik, och i förbigående formulerade denna film sitt enkla budskap om att våld är det bästa sättet att vinna popularitet bland kamrater, eller nå framgång hos det motsatta könet. Lagom till premiären arresterades för övrigt huvudrollsinnehavaren misstänkt för väpnat rån, mordförsök och grov misshandel, vilket inte förvånade någon det minsta, tvärtom, det togs som ett tecken på originalitet och gav en stämpel av äkthet åt filmen. *Halva budgeten!* kursiverade jag i mitt brev till Bachmann, är det konstigt att det ser ut som det gör i det land ni nu vill göra en broschyr om? Och detta enstämmiga hyllande av våldet, denna sponsring av de nationella våldsfilmerna, dessa skattemiljoner till uppmuntran av stegling och misshandel, lagda i händerna på tonåriga amatörregissörer, har sin låga moraliska motsvarighet i filmkritiken som aldrig försummar ett tillfälle att höja vissa amerikanska regissörer till skyarna, särskilt den på sistone, inom psykovåldsområdet, så mångomsjungne Tarantino. Den samlade nationella filmkritikerkåren har gått man ur huse för att hylla denne dilettants filmer, som ju inte består av något annat än snitsigt filmade likdelar, och för den som vågar höja sin röst har man inget annat än spott och spe till övers; den som vågar höja sin röst anklagar man för konstfientlighet, för att vara censurivrare, frireligiös, nykterist, fascist, stalinist och mormon, du begriper inte, säger man, Tarantinos filmer har ju humor, det är ju vitsigt, det är ju pastisch, och på så vis, skrev jag, döljer man att man i själva verket bara sitter där i biosalongen för att onanera till det man älskar mest av allt, våld och blod, och för att spruta i nacken på våldsonanisten i biofåtöljen framför.

I ert land Bachmann, skrev jag till Bachmann, finns det också folk som hyllar dessa filmer, men aldrig så enstämmigt som i mitt land, i ert land finns det åtminstone en debatt och självständigt tänkande människor, och man är sunt skeptisk mot estetiserat våld. I mitt land däremot, hyllar man allt som kommer från Amerika, särskilt den amerikanska våldsestetiken älskar och efterapar man med ytterst framgångsrika resultat. Likaså det vedervärdiga MTV, skrev jag till Bachmann, ingenting, förutom psykovåld och blodsorgier, tillfredsställer ungdomen i mitt så kallade hemland mer än MTV. I timmar, dygn, veckor, år och decennier sitter man och stirrar på denna idiotins högmässa, där programledarna levererar tomheter med blicken hos ett dörrknackande Jehovas vittne, där folk på det mest hysteriska vis skrattar och dansar, åt vad? frågar man sig, alltmer lättklädda med åren, snart förvandlas detta MTV till en stripshow, skrev jag till Bachmann, till en dygnetruntporrfilm, evigt flimrande runtom i vardagsrummen där folk sitter och onanerar för glatta livet efter att ha sett den senaste amerikanska filmen med snitsigt filmade likdelar, tills de förlorar medvetandet av upphetsning eller får ett epileptiskt anfall utlöst av flimrandet. Ingenting deprimerar mig mer än detta så kallade MTV, skrev jag till Bachmann, jag har svårt att föreställa mig att något mer hjärndött än MTV någonsin har uppträtt på bildens och musikens område, vilket givetvis förklarar dess omåttliga popularitet i mitt så kallade hemland. Troheten hos MTV-tittarna i mitt land har till och med belönats med MTV:s särskilda hederspris åt särskilt hjärndöda nationer, nämligen detta outhärdligt pinsamma lägenhetsprojekt som ni möjligen känner till, där man föser ihop ett halvt dussin ungdomar som får bo tillsammans, alldeles gratis, mot att MTV får vara där och filma dem dygnet runt och på så vis ställa ut detta halvdussinet ungdomars gränslösa andefattigdom till allmän beskådan, göra dem till hjärndöda stjärnor för en hjärndöd nations hjärndöda MTV-tittare, för att onaneras till, för att flimras med, det är inte klokt! Detta nationalnöje, skrev jag till Bachmann, gäller dock uteslutande ungdomen, till vilken jag själv räknas, trots alla de anakronismer man anklagar mig för, och med tanke på det planerade innehållet i er broschyr, Bachmann, vore det kanske bättre att hålla sig till de mer allmänna vämjeligheterna på dessa breddgrader, att så att säga inte särskilt peka ut ungdomens vämjeligheter utan hålla sig till de tidlösa vämjeligheterna, till de vämjeligheter som löper i ett tvärsnitt genom hela befolkningen, genom alla kön och åldrar, och därför Bachmann, om ni söker sanningen i er broschyr, vore det på plats att nämna ytterligare ett nationalnöje vid sidan av jakten och den systematiserade avunden och MTV-tittandet, nämligen det utbredda supandet på dessa breddgrader.

Jag talar om ett svineri utan like, skrev jag till Bachmann, ett helt djuriskt supande vars motsvarighet man bara hittar i Moskvas slumkvarter, ett griseri man måste ha sett med egna ögon för att överhuvudtaget kunna fatta. Över helgerna på dessa breddgrader super befolkningen så till den grad bort sina mest grundläggande kroppsfunktioner att blott delar av reptilhjärnan fortsätter att fungera. Endast tre stimuli kan få befolkningen på dessa breddgrader att reagera där de ligger och yrar i sina egna spyor klockan två på natten till en lördag eller söndag: tanken på föda, tanken på flykt eller anfall i förhållande till en fiende, och tanken på parning. Låt mig bringa klarhet i detta ohyggliga fenomen Bachmann, ty det är inte ointressant för förståelsen av den nation jag dagligen förbannar, låt mig bringa reda i denna smaklöshetens nationella kämpalek, i denna tävlan om vem som kan supa sig närmast döden och återuppstå, vem som allra konstfullast kan rulla sig i sina egna spyor, para sig med halvslak lem i närmsta tillgängliga kroppsöppning, slåss eller fly, pissa och skita i byxorna och somna där sömnen råkar överraska honom. En sådan kväll Bachmann, skrev jag, börjar vanligen i hemmet hos den som ordlöst utsetts till ceremonimästare i detta kollektiva självmordsförsök. Där sitter man, kvinnor och män, ofta kring ett soffbord, i allafall något slags bord som bokstavligen dignar av flaskor med rödvin, vitvin, öl och otaliga spritsorter, cigaretter och den slags starka tuggtobak man nyttjar i mitt land. Till det egendomliga hör, för en främling, skrev jag till Bachmann, att man överhuvudtaget till en början inte talar till varann, och i så fall bara med grymtningar som i själva verket är befallningar som rör det kommande självmordsförsöket, grymtningar som betyder ”ge mig kapsylöppnaren, hämta mer is, det fattas glas, var finns askkoppen”, den första timmen yttras inget annat än dessa animala fonem, möjligen står en cd-spelare på i bakgrunden, programmerad att om och om igen spela samma själlösa hitparad, det enda som för övrigt hörs är en serie rapningar, sväljningar, kväljningar och kräkreflexer när man på det mest ohämmade vis häller i sig ur flaskorna. Efter ungefär en timmes metodisk kroppstillförsel av alkohol, skrev jag till Bachmann, lättar stämningen något, de församlade börjar spy ur sig sina smaklösheter, sina poänglösa vitsar, sin obehärskade avund; alltmer pratar man i munnen på varann utan att lyssna till grannen, ibland utbryter ett gräl eller slagsmål, någon ger sig på ett första parningsförsök, av naturen dömt att misslyckas, någon går på toaletten och kräks – eller kräks helt skamlöst där han sitter, varpå någon kanske hjälper honom att torka upp, men lika gärna, med uppkastningen som förevändning, ger den kräkande ett slag på käften, eller instämmer i kräkningen genom att själv kräka, ett stereokräkande så att säga; en uppkastning i duett. Efter ett par timmar, skrev jag till Bachmann, är folk mer eller mindre medvetslösa av alkoholintaget, och de få vars sinnen ännu är i bruk yrar som febersjuka, utstöter irrationella skratt eller ger sig på att spela luftgitarr till den vidriga populärmusiken; ändå, och det fascinerar mig djupt Bachmann, lyckas ofta uppåt sextio procent av de församlade, på en mystisk kollektiv signal, resa sig ur sina exkrementer och raggla ut till en väntande taxi. De ohjälpligt medvetslösa lämnar man skoningslöst efter sig, och därpå tar man sig till närmsta utskänkningsställe med fickorna fulla av medsmugglad sprit eftersom alkoholen på mitt så kallade hemlands nöjesinrättningar – som i sitt reflexmässiga behov av att ockra inte skiljer sig från landets övriga inrättningar – betingar astronomiska priser. Där fortsätter smaklösheterna fullständigt ohämmat i ett par timmar, man slåss och parar sig och bedyrar varandra sin extas, man dricker ur medhavda flaskor och pissar där man står, man blir utslängd och misshandlad av de mest brutala dörrvakterna, man blir omplåstrad och insläppt igen av de mest korrupta dörrvakterna, eller kryper in genom fönster och ventiltrummor, det är en ren lycka, skrev jag till Bachmann, att nöjesinrättningarna tack vare pietismen på dessa breddgrader sällan får hålla öppet längre än till klockan två på natten, det håller nämligen mord- och olycksfallsstatistiken nere med åtskilliga hundra procent. Efter detta magiska klockslag, tillfogade jag, då samtliga stadscentrum tagit livet av sig och städerna ser ut som om de just drabbats av starkt radioaktivt nedfall, en neutronbomb eller liknande, denna timma noll då allt är ohyggligt ödsligt och inger en lust att gråta eller hänga sig där man står, då allt är fullkomligt folktomt, frånsett en och annan medvetslös liggande i rännstenen, då kan ni göra ett experiment Bachmann, och följa efter någon av de taxibilar som lämnar det döende stadscentret, ni kan följa en särskilt utvald man eller kvinna vars enda kvarvarande kroppsfunktion är den så kallade reptilhjärnan, följa denna person på väg bort från centrum, och det slår inte fel, skrev jag, denna person åker ytterst sällan hem till sin säng för att sova ruset av sig, tvärtom, man åker mot alla medicinska odds tillbaka till den lägenhet där kvällen började, där uppväcker man de efterlämnade genom att tvinga i dem skvättar av ljummen sprit, där fortsätter nu svineriet med oförminskad styrka, hemliga lager med alkoholdrycker plockas fram, den vämjeliga hitparaden börjar om från början, i ännu högre grad än tidigare ger man sig på brutala parningsförsök, nya slagsmål utbryter, nya uppkastningar i duett, det är ett svineri, skrev jag till Bachmann, som saknar motstycke i den västliga hemisfären. Det scenario jag just beskrev, tillade jag, fortgår, särskilt på landsbygden, statistiskt räknat, tills man kommer upp i fyrtioårsåldern, veckoslut efter veckoslut, år efter år, men därefter, tillfogade jag, förvånad över min egen insikt i ett ämne jag aldrig tidigare berört i skrift, rationaliserar man ofta svineriet genom att helt strunta i utflykten till stadscentrum och stannar istället hemma i lägenheten från början till slut, vilket inte på något vis förminskar omfattningen av excesserna, tvärtom, man brutaliseras, animaliseras, reptilifieras i ännu högre grad, och sparar samtidigt, med tanke på krogpriserna, en hel del pengar. Men denna nationaltradition, lika viktig som julfirandet eller midsommarfirandet, då excesserna för övrigt slår rekord och hela landet under ett dygn befinner sig i total koma, rör bara veckosluten. Den djupaste, mest irrationella skuldkänsla drabbar den som utför alkoholens dödsrit en måndag eller tisdag, det är fullkomligt oförklarligt, skrev jag till Bachmann, under veckodagarna dricker man inte så mycket som en droppe kryddlikör ens av hälsoskäl, vin till maten är på de flesta håll något helt otänkbart, såvida man inte av en tillfällighet befinner sig i det sydvästra grannlandet, på flykt undan repressionen, veckodagarna är vigda åt arbete och skuldbearbetning efter helgens svinerier, folk arbetar som galärslavar till utmattningens gräns, badande i sin egen svett, i ett förtvivlat försök att bli av med den djupt rotade känslan av skuld och oförlåtliga dödssynder. Det finns ingen livskvalité på dessa latituder! utbrast jag i brevet till Bachmann, det finns inget sunt mellanläge, man är antingen i koma eller sjukligt nykter. Vare sig under veckosluten eller veckodagarna *lever* man. Man vegeterar. Man *är* sitt slavarbete eller sitt rus, man är en arbetsmaskin eller ett spritdestilleri. Frågan är om detta folk överhuvudtaget kan kallas människor, de tycks mig snarare utgöra en egen utvecklingslinje på däggdjurens stamträd, ett utskott mellan primat och hominid, i spagat mellan människa och djur, fast man luras av kläderna; jag menar allvar, tillfogade jag i brevet till Bachmann.

Bland era landsmän råder som sagt en ytterst naiv inställning till dessa breddgrader, vilket förvisso är förståeligt, för vad som försiggår på dessa breddgrader ligger ju bevisligen bortom föreställningsförmågan hos varje samhällsvarelse med grundläggande civiliserade vanor, skrev jag. Det plågar mig gränslöst att överhuvudtaget höra till detta folk, att bära detta lands pass och karakteristiska ögonfärg, att tala dess parodi på språk. Ni anar inte, skrev jag, hur ofta jag frågat mig vilken synd jag begått i ett tidigare liv för att i detta dyka upp som ett skott på universums mest själlösa stamträd; en mycket svår förbrytelse måste ha förorsakat detta straff, mord räcker inte, det var troligen massmord. Och som för att ytterligare strö salt i såren tvingas jag att besvara frågeformulär som bildar underlag till en broschyr om detta land, och till min häpnad gör jag det, driven av ett namnlöst imperativ, av den mest oförklarliga masochism; jag är förmodligen inte riktigt klok.

Dessa sista rader inspirerade mig så till den grad att jag lämnade skrivbordet och gick bort till den skänk där jag förvarar min skrivmaskin. Jag ställde maskinen på mitt skrivbord, tog undan de cirka fyrtio handskrivna ark som utgjorde mitt svarsbrev till Bachmann och satte ett blankt skrivmaskinspapper i valsen. På detta papper, försiktigt till en början, avvaktande som om jag ännu inte kunde tro på det oerhörda, som om jag var rädd att en oförsiktig rörelse skulle förstöra alltsammans, fortsatte jag nu brevet till Bachmann. Vid sidan om självmordsfrågan, fortfor jag, djupt konfunderad över det faktum att jag för första gången på över två år tagit fram min skrivmaskin, och alkoholfrågan, är frågan om mordet på statsministern den vanligaste av alla de frågor som möter mig i mitt dagliga umgänge med era landsmän. Jag vill med en gång understryka att jag personligen aldrig hade några djupare åsikter om denne statsminister, eller om ministrar eller politiker överhuvudtaget, eftersom politiken ju inte är något annat än ett massmediespektakel för en hjärndöd pöbel, medan jag däremot har åsikter om staten och dess instanser, såsom polisen och åklagarväsendet, och jag kan inte med ord beskriva den omdömeslöshet som polisen och åklagarväsendet lade i dagen vid försöket att lösa detta statsministermord. Det finns ingen motsvarighet till detta, skrev jag med skrivmaskinen, darrande i hela kroppen med anledning av det faktum att jag satt vid min skrivmaskin och skrev. Aldrig tidigare har man på dessa breddgrader så skamlöst blottat sin amatörism och sitt förakt för logiskt tänkande, aldrig tidigare har man så djupt blamerat sig inför historien, polisiärt och allmänmänskligt, som vid det obeskrivligt patetiska försöket att lösa detta mord, skrev jag till Bachmann. Ni tror att jag överdriver? Inte det minsta, allt jag säger i fråga om mordet på statsministern blir av naturen ett understatement, det finns helt enkelt inga språkliga nivåer så låga att de förmår uttrycka den tafflighet, amatörism, idioti, fördomsfullhet, brist på logik, sinnesslöhet och själsliga avtrubbning som lades i dagen vid försöket att lösa mordet på statsministern, det finns helt enkelt inga så låga semiotiska skikt.

Låt mig reda ut begreppen en gång för alla, fortfor jag, om ni fortfarande är där Bachmann, om ni fortfarande orkar hålla intresset vid liv för mitt svarsbrev, som ni trots allt genom er broschyr själv har givit upphov till, låt mig börja med den man, länspolismästare i huvudstadsområdet, som i hopp om att bli berömd och framgångsrik bland de kvinnliga primaterna på dessa breddgrader på ett helt kuppartat vis roffade åt sig posten som chef för mordutredningen, en lindrigt sagt avtrubbad man, skrev jag, en lindrigt sagt bornerad halvapa, som mötte meddelandet om mordet på ett landsortshotell där han befann sig med en ytterst suspekt bekant, troligen i ytterst suspekta syften, och då omedelbart, det är sant, vid nyheten om mordet på statsministern intuitivt förstod var mördaren stod att finna. Han fick en *vision* Bachmann! Kan ni tänka er? I en *vision* såg han mördarna, och de var kurder. Jag saknar egentligen ord, och i ännu högre grad saknar jag ord för den polisiära fars som inscensattes omedelbart efter att denna halvapa till polis i en vision hade sett kurderna mörda statsministern; låt mig genast rätta mig, skrev jag, det var ingen fars, snarare en tragisk komedi. Denne man kom alltså att regissera och i viss mån producera århundradets mest tragikomiska mediapjäs på dessa vad gäller tragikomiska mediapjäser helt obesegrade breddgrader. Med det slags skygglappsseende som brukar karakterisera djupt förvirrade mentalpatienter ledde han mordutredningen, oskyldiga kurder förföljdes i hundratal, fantasihistorier i Cervantes anda diktades ihop, undersökningen av mordplatsen var rena lekskolan, och det är ändå en smickrande metafor, det var rena blindbocken, man letade efter kulor med en oslagbar brist på intelligens, avspärrningar ansåg man vara onödiga eftersom de hindrade biltrafiken, man glömde bort att spärra av utfartsvägarna från huvudstaden, på flygplatsen fortgick trafiken obehindrat, mördaren skulle ha kunnat lämna landet i en stridsvagn utan att någon skulle ha märkt det; mest sysslade man med presskonferenser eftersom länspolismästaren ansåg det viktigt med tanke på en framtida Interpolkarriär; på dessa tillställningar uttryckte man sig på ett sätt som snarast påminde om frikyrkornas tungomålstalande eller om dunkelheten hos gamla tiders ökenprofeter, det var ”ljuset i änden av tunneln och hoppets låga brinner och vi håller ljus i skäppan” för hela slanten, det var så jag kunde gråta, skrev jag, om det inte varit för äckelkänslorna som tog överhanden hos varje tänkande individ, på vilka det råder skriande brist i denna isöken; hatet, avskyn, spykänslorna för dilettantismen i denna dilettantismens sjunde himmel. Fantombilder producerades byggda på vittnesmål av alkoholister, oskyldiga slets ur sängarna och förhördes med tortyrmetoder, det blev alltmer förvirrat, man handlade helt utan plan, ett barn hade skött situationen bättre, en hund hade skött situationen bättre, den profetiske polismästaren som såg kurderna i visioner hade inte ens platsat som trafikpolis i något annat land än detta, helt utlämnad åt sin analfabetism hade han inte ens klarat av att skriva ut parkeringsböter, inte ens ett solklart fall av rattfylla hade han kunnat reda ut, det var ruskigt makabert, för trots allt handlade det om mordet på en statsminister. Till raden av smaklösheter lade sig också folkets reaktioner på mordet. Det var inte ovanligt att man firade mordet med champagne på öppen gata, folk omfamnade varann i extas när de fick höra att statsministern var skjuten, ni kan inte föreställa er de smaklösheter som utspelade sig på allmän plats bland denne statsministers meningsmotståndare, det säger allt, skrev jag, och när man efter ett par tre års planlöst letande, som om det hela rört sig om en borttappad plånbok, äntligen lyckades hitta en skäligen misstänkt – det kan till och med hända att det var den sanne mördaren, skrev jag, i själva verket talar rätt mycket för att det var den sanne mördaren, som man tack vare mera tur än skicklighet, och tack vare den idiotiska frispråkigheten hos denne djupt förvirrade våldsbrottsling, lyckades få i sitt nät – då, när man helt oförtjänt med tanke på hyperamatörismen på dessa breddgrader äntligen lyckats finna en skäligen misstänkt, då lyckades man givetvis spela bort sina kort med en sådan frånvaro av tankeverksamhet, med ett helt rakt EEG, om man får tillåta sig en medicinsk liknelse, att ett barn, ett djur, en hund, en kanariefågel måste skaka på huvudet. Förundersökningen rörande denne skäligen misstänkte, skrev jag, saknar motstycke i kriminologins historia. På ett så amatörmässigt sätt att den i amatörmässighet bildar skola för all framtid sköttes denna förundersökning. När man i en vittneskonfrontation ställde kronvittnet, i det här fallet statsministerns hustru som under nästan en halv minut stått öga mot öga med mördaren på brottsplatsen och på så vis var ett mycket starkt ögonvittne, eller snarare innan man ställde detta ögonvittne inför en konfrontation med den skäligen misstänkte mördaren (det var som i en polisfilm, skrev jag inom parentes till Bachmann, brottslingen i civila kläder tillsammans med en rad andra brottslingar och poliser i civila kläder, bakom ett glas genom vilket de inte kan se ut), innan man genomförde denna konfrontation hade en hjälpsam polis talat om för statsministerns hustru hur den misstänkte var klädd, hur han såg ut, *som en alkoholist*, uttryckte han sig, och troligen också ungefär var han stod i ledet. Han ville bara vara hjälpsam, sade han i intervjuer efter den havererade rättegången: ”Det är klart man ställer upp när det rör sig om mordet på statsministern!” Försvararen trasade givetvis sönder åklagarsidans vittneskonfrontation, och så gick den skäligen misstänkte mördaren fri. Jag vet inte riktigt hur man resonerade från polisens håll, skrev jag, möjligen resonerade man som så, att när det rör sig om ett brott av den här svårighetsgraden så kan man gott sänka beviskraven en aning. Och detta från landets högsta polisledning! Jag saknar ord, skrev jag efter att ha bytt ark i skrivmaskinen.

Denne länspolismästare, fortfor jag efter att kort ha rannsakat mitt minne rörande länspolismästaren, belönades givetvis med en egen så kallad talkshow efter att en gång för alla ha skjutit landets rättsväsende i sank, hans karriär kröntes givetvis med ett obeskrivligt infamt polisprogram som slog rekord i tittarsiffror och förgyllde var mans vardagsrum på bästa sändningstid. Givetvis gjorde han också succé som skriftställare, det är i dessa två skrån avskummet numera samlas på mina breddgrader, skrev jag, i skriftställarskråt och i programledarskråt, skrev jag, helst i båda, vilket ger dubbel kraft åt marknadsföringen. Och den skäligen misstänkte mördaren gick det inte mycket sämre för. Han fick förvisso ingen egen talkshow, men uppträdde istället så ofta i alla andra talkshower att man fick känslan av att han var något slags övergripande programledare för landets samtliga talkshower, och med tanke på de gager han tog ut för att framträda som gäst i dessa så kallade talkshower, där han med ohöljd stupiditet intervjuades om sitt skonummer, om sitt stjärntecken och om det inte var han som var mördaren i allafall, så tjänade han förmodligen betydligt mer pengar än de mest välbetalda programledarna för dessa så kallade talkshower tillsammans; jag tror, skrev jag, att han till och med något år toppade taxeringskalendern hos detta lands mediaaristokrati. Han skrev ingen bok, tillfogade jag, men det är förmodligen bara en tidsfråga innan också denne skäligen misstänkte mördare samlar sig till ett första litterärt försök, ni kan ju tänka er innehållet Bachmann, skrev jag, troligen något slags mordhistoria mot en politisk fond. Till och med i pornografiska tidningar har denne skäligen misstänkte mördare gjort karriär; i en pornografisk tidning vek han ut sig naken på en björnfäll, med en revolver i ena handen och ett champagneglas i den andra, jag köpte själv detta nummer, skrev jag, för att få ett slutgiltigt bevis på smaklösheten i detta land, och likaså har han givit upphov till en cocktail, denne man firade nämligen sitt frikännande i en tevebevakad fyllekvart med två flaskor vodka och en flaska Bailey's, och två timmar senare stod drinken "dräparn" på menyn på landets samtliga barer: två delar vodka och en del gräddlikör. Det kan låta komiskt, skrev jag till Bachmann, men man sätter snart skrattet i halsen, för det rör ju sig trots allt om mordet på en statsminister.

Jag begriper inte vad som driver er att göra en broschyr om detta land, skrev jag på ett nytt ark efter att ha druckit en klunk av min anislikör, men jag antar att arvodet är oerhört högt. Vem var det som kom på idén att göra en broschyr om dessa vidriga breddgrader, var det ni själv Bachmann, eller arbetar ni så att säga i ett kollektiv, och vem tipsade er för övrigt om mitt namn? Det hela är mycket gåtfullt, skrev jag, för om ni använder mitt svarsbrev i en broschyr om dessa breddgrader då får ni i slutändan en broschyr som handlar om mitt rättmätiga hat mot dessa breddgrader, och om ni betänker allt det ovan skrivna, vilket jag hoppas att ni gör Bachmann, kanske ni förstår varför jag lämnade detta land, och varför jag för två år sedan helt upphörde att skriva, såväl romaner som egna visor. Man hatar mig på dessa breddgrader, och jag försvarar mig genom att hata tillbaka, är inte det naturligt? skrev jag retoriskt på skrivmaskinsarket.

Efter att ha satt punkt vid denna mening samlade jag ihop de cirka fyrtio ark som utgjorde mitt svarsbrev till Bachmann, samt de de cirka sju eller åtta ark jag skrivit på maskin, och lämnade dem till min hustru. Jag återvände därefter till mitt arbetsrum och väntade där, sittande i en fåtölj vid fönstret, till dess att hon hade läst igenom de sammanlagt fyrtiosju eller fyrtioåtta arken. Hon ställde sig frågande till större delen av innehållet och menade att jag överdrev. När jag bad henne peka ut en särskild överdrift läste hon högt upp det parti som handlade om mitt så kallade hemlands förhållande till det västra broderlandet under kriget, och några rader om hycklandet i humanistiska frågor. Överdrifter? frågade jag henne utan att kunna dölja mitt förakt för blindheten i ett sådant påstående. Hycklandet på dessa breddgrader, också det historiska hycklandet, är mer än väl dokumenterat. Jag överdriver inte, sade jag, allt jag skrivit i detta brev är sant, det är mer än sant, det är sjufaldigt mer än sant, utom i de fall när de språkliga nivåerna inte når ner till de obeskrivligt låga nedrigheterna på dessa breddgrader, då förvandlas dessvärre, sade jag, mina svar till så kallade understatements, och det vet du lika väl som jag. Det finns inget gemenare folk än detta, sade jag till min hustru, och det finns inget folk som ens har kommit i närheten av detta folks hycklande, särskilt, sade jag med skärpa, på de områden du just har pekat ut som exempel på överdrifter. Ständigt och jämt manipulerar myndigheterna i ditt och mitt så kallade hemland invandringsstatistiken så att nationen skall framstå som en humanistisk förebild även på invandringens område, ständigt och jämt maskerar man det faktum att de flesta av invandrarna redan har familj och släktingar på dessa breddgrader, invandrade under 60-talets högkonjunktur, och att man därför slipper bära så stora kostnader för dessa invandrare, eftersom man vet att de kommer att försörjas av sina egna; ständigt och jämt, i internationella sammanhang, gör man stor affär av den halvfull politiska flyktingar man tar emot varje år, och ständigt och jämt döljer man de svinerier som dagligen utspelar sig vid landets gränser, de brott mot FN:s konventioner som dagligen, under stor konsensus hos folk och makthavare, utförs i ditt och mitt så kallade hemland i skydd av en hycklad humanism. Sjuka och döende avvisas med hånskratt vid gränsen, människor som tillryggalagt hundratals mil under obeskrivliga vedermödor, i förseglade lastbilscontainrar, uttjänta bussar, knappt sjödugliga fiskebåtar, skinnade in på bara kroppen av vedervärdiga geschäftmakare på lidandets marknad, drivna av sitt flämtande hopp, drömmen om en anständig framtid, vilken de omedelbart fråntas, inte sällan med psykisk terror redan vid närmsta gränsstation, människor som genomgått prövningar omöjliga att föreställa sig för att, lurade av detta lands i cynism oslagbara propagandabild om att man på dessa breddgrader skulle vara så human och generös i flyktingfrågor, alltså lurade att söka asyl på dessa breddgrader, sade jag med emfas, där man internationellt utger sig för att vara så förbannat medkännande, men vad sker? frågade jag min hustru retoriskt; med en psykisk brutalitet som lämnar all annan psykisk brutalitet i kölvattnet blir dessa människor utskrattade vid gränsen, hånade, häcklade, spottade på med slemmiga loskor framharklade ur de unknaste djupen i passpolisernas strupar, de skickas tillbaka till sina hemländer där de riskerar att avrättas eller interneras i decennier, och i de fall man, för att inte väcka omvärldens avsky, ser sig tvingade att trots allt släppa in dem, så gör man det i förvissningen om att man ändå mycket snart, så fort den internationella uppmärksamheten lagt sig, kan ta itu med dem med andra medel, tortera dem i byråkratin, skilja familjer åt, slita barnen ur mödrarnas händer, utsätta dem för en sadistisk väntan på slutgiltigt besked om uppehållstillstånd, dra deras ärenden i långbänk, låta barnen lära sig det nationella tungomålet, rota sig, få lekkamrater, börja skolan, spela ishockey, för att sedan ändå, i skydd av mörkret, hänvisande till en eller annan paragraf eller fylld flyktingkvot, som bara tjänar som ridå för detta folks medfödda ondska, till slut avvisa dem, eller om de redan hunnit gömma sig dra igång ett massivt polisiärt drev, som om det hela rörde sig om jakten på oskäliga djur, spåra upp dem med en effektivitet som om den avsatts för sökandet efter statsministerns mördare hade löst fallet på mindre än en vecka, sätta handfängsel på dem och transportera dem som kedjefångar tillbaka till hemländerna, kort sagt med oslagbara smaklösheter skrattande dra humanismens samtliga värden i smutsen. Jag förstår inte, sade jag till min hustru, hur du på grundval av mitt brev till Bachmann kan anklaga mig för att använda överdrifter, du måste ha haft en dålig dag, eller en dålig natt. I stort sett, sade jag, alltjämt sittande i fåtöljen vid fönstret, finns det ingenting på dessa breddgrader som äcklar mig mer än det falska medkännandet. Jag minns från min barndom otaliga exempel på detta falska medkännande hos människor som när de på allvar konfronterades med andras lidande inte hade annat än förakt till övers, illa dolda hånskratt, lustfulla sadistiska utfall, allehanda nålstick och pikar, rena gyttjebrottningen i människoförakt; till exempel minns jag mycket tydligt en grannfamilj, där fadern, svårt skuldsatt, en kväll gick ut i garaget och där kopplade en trädgårdsslang mellan avgasröret och kupén på sin bil, satte sig i förarsätet, slöt ögonen och inandades den giftiga gasen, det går ofta mycket fort, sade jag till min hustru som precis gjorde en antydan att vilja avbryta mig, på några sekunder fördunklar gasen medvetandet, på några minuter förgiftar gasen blodet som förs till hjärnan, du kan inte föreställa dig, sade jag, vilken skadeverkan den åstadkommer där, den för ett helt skoningslöst utrotningskrig mot alla livsfunktioner, först slås synen ut, därefter viktiga nervsystem som kontrollerar musklerna, därefter inträder döden, det vill säga om den suicidale inte har oturen att upptäckas kort innan livsandarnas farväl, vilket var vad som skedde med den olycklige grannen. Du behöver inte stå upp, sade jag till min hustru som alltjämt stod upp, sätt dig ner på golvet eller varsomhelst, för jag känner att jag långt ifrån är färdig med utläggningen om vårt så kallade hemland, jag måste göra upp med dessa ondskans breddgrader en gång för alla om jag inte skall gå under, om jag någonsin skall kunna skriva igen, göra upp med dessa ondskans hegemonier innan dessa ondskans hegemonier förintar mig. Vet du vad som hände med denne arme skuldsatte granne? frågade jag min hustru.

Han upptäcktes och drogs ut ur den giftgasfyllda kupén sekunden innan livsandarnas farväl. Hans hustru gick av en tillfällighet ut i garaget för att hämta en kratta, upptäckte honom och drog ut honom ur kupén. Han hade glömt att låsa om sig, sade jag, detta var hans fatala felkalkylering, detta var hans ohyggliga misstag, hon slet honom ur bilen, öppnade garageporten och släpade ut honom på uppfarten, på så vis överlevde han, sade jag, men till vilket pris? Han var redan blind, hans nervsystem var så till den grad förstört att han fick tillbringa resten av sitt liv i en specialkonstruerad rullstol, han kan inte ens inta föda själv, sade jag till min hustru, inte ens sina behov kan han uträtta på egen hand, utan måste ta hjälp av den rädderska han troligen varje dag i sitt blinda mörker förbannar. Det var en tragedi, sade jag till min hustru, som nu hade satt sig ner, det *är* en tragedi, betonade jag. Men kände man bland grannarna medlidande med denne olycklige? Inte det minsta. Tvärtom inledde man istället en förtalskampanj vars samlade vidrighet jag inte förmår uttrycka på vårt i alla hänseenden avskyvärda modersmål, en förtalskampanj som på alla sätt stod i fyrdubbel omvänd proportion till lidandet hos denne olycklige, överallt utspydde man sitt hat över denne misslyckade självmördare, i affären, på tipspromenaderna, på idrottsevenemangen, på kvinnornas så kallade plastpartyn, till och med på barnens lekplatser, sade jag. Inget annat än avsky hade man till övers för denne man. Han sades vara en svikare, en vekling, en feg djävul som på detta vis hade försökt desertera från sitt ansvar mot gäldenärer och familj, och bara salivavsöndringen, hämmad genom det medfödda hatet, en plötslig muntorrhet utlöst av det instinktiva föraktet som drabbade grannarna när de fick syn på denne olycklige, hindrade dem från att spotta på honom där han satt i sin rullstol, patinera honom med saliv, hölja honom i spottloskor, dränka honom i slem. Du överdriver, sade min hustru; så långt har ditt ologiska hat fört dig att du har problem med att skilja lögn från sanning, jag har börjat tröttna på detta hat, sade hon med lugn stämma halvsittande på mitt arbetsbord, det tjänar ingenting till, det föder bara överdrifter och lögner, och skadar i slutändan bara dig själv, och i viss mån även mig. I själva verket finns det fortfarande mycket kvar i vårt hemland som förtjänar vår respekt, se dig om i vår nuvarande hemstad, sade hon; tiggare, uteliggare, ett utbildningssystem som bara har plats för de rika, en familjepolitik som är färgad av artonhundratalets ideal, är detta så mycket bättre? Det är sant att du har förföljts och kanske alltjämt förföljs i vårt hemland, särskilt av den största morgontidningen, men du låter dig förblindas av ditt hat mot ett par dussin privatpersoner på denna tidning, ditt hat gör det omöjligt för dig att tänka klart, att upptäcka perspektiv, det är inte vårt hemland som kommer att förstöra dig, utan ditt eget hat.

Du har fel, sade jag i samma ögonblick som min hustru gjorde en antydan att resa sig och lämna rummet, blindheten ligger hos dig, det är du som ännu inte har sett sanningen. Du är ett offer för propagandan och självgodheten i detta land, inse det en gång för alla, det sätt du uttrycker dig på gör dig inte ett dugg bättre än dem jag föraktar, du ansluter dig också till ondskans hegemonier, jag menar allvar, sade jag till min hustru, tänk på vad du säger, du gör dig till språkrör för allt jag avskyr. Förlåt, sade jag och intog den plats där hon just stått lutad, mot arbetsbordet, det var inte meningen att skrika, men jag kan inte tolerera att du gör dig till språkrör för något som jag avskyr. Och är det så konstigt, tillfogade jag, förföljelserna jag har utsatts för har drivit mig till kollapsens gräns, detta land har fått mig att tystna som författare, i två år har jag nu varit stum, du kan inte föreställa dig det helvete en författare genomlever som stum, det är författarens mardrömsscenario att bli stum, är det konstigt att jag blir upprörd när jag märker att du ställer dig på mina fienders sida? Allt jag gjort har man medvetet missförstått, sade jag, allt jag gjort har man förföljt och bespottat, skall nu också du ansluta dig till de onda hegemoniernas jaktlag? Allt jag gjort har man medvetet valt att misstolka, för sin lust att plåga och förgöra mig. Hela min grundläggande kritik mot modernismen har man misstolkat. Jag hatar för övrigt Moravia, fortfor jag, som påstod att en författare arbetar på en och samma bok under hela sin karriär, det är en förolämpning mot den högra hjärnhalvan, mot all sann konstnärlighet, sade jag. Jag avskyr detta land och dess löjliga modernism, dess modernistiska onani, dess avsugning av sig själv, jag avskyr författare som skriver in sig i en nisch inte större än ett rövhål, som i all sin patetiska småskalighet odlar sin minimala stilistiska täppa, jag hatar hela den moderna celldelningen, dessa författare vars största satsning består i att formulera sig lite löst kring ett dagspopulärt debattämne och kalla det en roman, jag avskyr modernismens nischer som blir allt trängre och därmed allt sämre, upprepningen, roman efter roman om i princip samma ämne, med exakt samma löjeväckande stil, fegheten, oförmågan att göra något oväntat, det enda sättet att bryta sig ur modernismens strupgrepp är ju att undvika nischer, sade jag eftertänksamt till min hustru, att överraska sig själv, att inte bara bevaka sitt lilla rövhål, hela modernismen är ett enda krampartat spänt rövhål, sade jag till min hustru. Herregud, sade jag. Du har ju själv sett denna parodi på ett litteraturteveprogram som sänds i vårt så kallade hemland, och som är döpt efter en roman av vår enda författare värd sitt yrkesnamn, som för övrigt helt fräckt räknas till modernismens föregångsfigurer, fast han själv, om han fått leva, med sin legendariska auktoritet troligen hade spytt galla rakt ner i modernismens lilla rövhål, dess krampaktigt spända lilla anus, en författare som i bok efter bok hade modet att förändra sig själv, att göra de lappkast jag efterlyser, att ändra stil och motiv och inte bara överraska sig själv utan en hel värld. Denne man, vars kanske mest kända men långt ifrån bästa roman har givit namn åt denna parodi på ett litteraturteveprogram som jag snart skall gå närmare in på, sade jag till min hustru, hade skrattat sig halvt fördärvad åt Moravias patetiska lilla skithål, åt hans ynkliga tes om att en författare arbetar på en och samma bok under hela sin karriär, ty denne man, sade jag, var en sann konstnär, en äkta författare stadd i ständig förändring, aldrig rädd att pröva nya vägar. I vårt hemland, sade jag till min hustru efter en kort paus då denne mans ande plötsligt tycktes genomströmma mig, transcenderas genom mig, då jag fick en känsla av att han inkarnerades i mig och höjde mitt hats temperatur flera grader, denne man, sade jag, har man i vårt så kallade hemland numera fräckheten att hylla fast det knappt har gått ett sekel sedan man på det mest skoningslösa vis förföljde och terroriserade samme man. Det är ju avskyvärt, sade jag till min hustru, detta nedärvda hycklande. För bara tre generationer sedan förföljdes ju denne författare med vårt lands historiska illvilja, av våra farföräldrars föräldrar så att säga, och samme man har man nu mage att hylla och döpa ett undermåligt litteraturprogram efter. Det vore möjligen logiskt, sade jag till min hustru, om man samtidigt brände alla gamla familjefoton föreställande sina farföräldrars föräldrar, för att verkligen visa sin sympati med den författare man påstår sig älska, men det gör man inte. Gammelfarfar var en underbar människa, säger man, fast man samtidigt påstår sig älska den författare som gammelfarfar förföljde med en helt obeskrivlig bestialitet, är inte detta höjden av dubbelmoral? Denne författare känner jag mig besläktad med. Du har ju själv sett detta teveprogram, sade jag till min hustru och ansträngde mig för att ta upp den tråd jag i min upprördhet just hade förlorat, du har ju själv sett vad det är för litteratursyn man där förfäktar, där hyllar man i princip allt som jag hatar, allt som jag finner undermåligt finner man där vara genialt. I detta program älskar man författare som skrivit de banalaste skoluppsatser om ett aktuellt debattämne och har mage att kalla sitt verk en roman. En liten undermålig skrift om bulimi, anorexi, bigami, sodomi, pedofili, sadomasochism, barnaga, hustruaga, djuraga, incest, nischer och åter nischer, vilka man diskuterar som om var och en av dem vore ett storverk av Dostojevskij, det är så man kan spy, för ingen av dessa författare eller romaner har en vision större än ett rövhåls.

Jag förstår inte, sade min hustru, varför vi står och diskuterar detta klockan två på eftermiddagen, har vi inget bättre för oss, borde du inte avsluta ditt svarsbrev till denne Bachmann, borde du inte ta dig samman och göra något konstruktivt, skriva en essä kanske om modernismens lilla rövhål, istället för att fullkomligt maniskt och osammanhängande utgjuta dig över detsamma, vilket du aldrig bekymrat dig om tidigare, borde du inte städa ditt arbetsrum, sade min hustru, se dig om, det ser ut som ett slagfält, *du* ser ut som ett slagfält, sade hon med en stämma som utan tvekan var avsedd att såra mig. Varför vädrar du inte härinne, sade hon och gjorde en gest mot fönstret, varför vattnar du inte krukväxterna, de som fortfarande är vid liv vill säga, varför hämtar du inte en räfsa och räfsar samman de tre eller fyra trädgårdssäckar damm som har samlats härinne det sista halvåret, varför tar du för omväxlings skull inte itu med din kroppshygien, du luktar faktiskt illa, sade min hustru, jag är ledsen att behöva säga det, men du avger en äcklig odör.

Vid detta angrepp på min personliga hygien, som jag

för övrigt utstod utan en blinkning, reste sig min hustru. Utan tvekan är hon på krigsstigen, sade jag till mig själv, det råder inget tvivel om att hon är ute efter att såra mig. Vad är det du vill, frågade jag henne, jag tänker inte låta dig lämna rummet innan du har svarat. Jag finner det djupt sårande att du inte kan stå vid min sida i en sådan delikat fråga som mitt hat till vårt gemensamma fosterland, jag finner det oerhört upprörande att du inte kan stå vid min sida när jag sätter min själsliga hälsa på spel, att du inte delar mitt förakt för det obeskrivligt löjliga litteraturprogram jag just nämnde, du är i stort sett inte bättre än mina fiender, sade jag, kanske är också du en fiende, kanske är du på något vis köpt av mina fiender; hur många år har vi nu varit gifta? fortfor jag utan att hämta andan, sex eller sju år, har du under hela denna tid befunnit dig i fiendelägret? Har du under hela denna tid bara låtsats hålla med mig för att nu, när jag är som svagast, när jag av de vidriga omständigheterna har tvingats ner på knä, drivits mot schavotten, redan lagt skallen under bilan, köra dolken i min rygg, jag vill inte höja rösten, sade jag, men du tvingar mig, vad vill du egentligen, är du min fiende eller vän? Innan jag hunnit avsluta denna mening avbröts jag av min hustrus skratt. Du är paranoid, sade hon, du lever i en fantasivärld, dina överdrifter och lögner hade kunnat vara upprörande om man inte tyckt synd om dig. Den bild av vårt hemland som du nu beskriver i ditt brev till, vad hette han, Bachmann, består ju inte av något annat än lögner och överdrifter, ta författaren av kriminalromanerna till exempel, det finns väl inte en vettig människa på våra breddgrader som betraktar hans böcker som något annat än underhållningslitteratur, de recenseras ju inte ens på kultursidorna, och beskrivningen av alkoholvanorna stämmer i allafall inte på mig, vad händer om Bachmann väljer att använda ditt material för sin broschyr, är det denna bild du vill skall spridas utomlands om vårt hemland, jag tycker att du har gått för långt, sade min hustru. Allt detta kvalificerade skitsnack om avunden och gemenheten, alla dessa påståenden om förföljelser och komplotter; är samtliga åtta miljoner invånare i vårt hemland dina fiender, också spädbarnen, också de gamla och senila, är hela landet inblandat i en konspiration, skulle jag nu också vara din fiende? Du förstår mig överhuvudtaget inte, sade jag, det du kallar lögner är i själva verket sanningen i destillat, det du kallar överdrifter är rena underdrifter, jag begriper inte att två så olika människor kan vara gifta, när den ena anser det vara lögn som för den andra är en helig sanning, att dessa två människor överhuvudtaget kan bo under samma tak, och tvärtom är det du som torgför skönskrivningar av verkligheten, sade jag, eller svartmålning av densamma, det stämmer till exempel inte alls att jag missköter min kroppshygien eller att jag stinker, skulle inte jag själv vara den första att märka om jag stank, är det din eller min näsa som sitter närmast denna kropp, det enda jag luktar av är min berättigade upprördhet, jag förstår mig inte på dig, du är uppenbarligen ute efter att såra mig, och det finns ingen anledning för mig att låta mig såras. Jag tycker att du kan lämna rummet, fortsatte jag, utan att vika undan med blicken, och gärna lägenheten, som trots allt är min enda asyl nu när jag, hänsynslöst jagad av mina fiender, till vilka du troligen hör, inte ens har asyl i mitt skrivande längre, du har, sade jag, uppenbarligen inte förstått i vilken situation jag befinner mig, du är själv konstnär, du borde veta vad konstnärligt engagemang är, men uppenbarligen har jag överskattat dig som konstnär och som människa, mycket tyder på det om man påminner sig ditt fanatiska försvar av allt det jag avskyr.

Min hustru hade vid denna anklagelse, som jag till och med själv i det ögonblicket tyckte var en aning överdriven, på nytt närmat sig dörren till korridoren och i handen höll hon det passepartout-inramade porträtt som normalt stod på mitt arbetsbord, vårt bröllopsfoto; jag i kostym, min hustru i en enkel vit klänning. Skall du kasta det? frågade jag, herregud, hur långt tänker du driva det här? Ja, sade hon, jag skall kasta det, är det inte det du vill när du säger att jag skall lämna rummet och ansluta mig till mitt sanna läger, dina fienders läger, självklart skall jag då också kasta vårt bröllopsfoto, sade hon, vad trodde du, vad skall jag med ett foto som symboliserar vårt äktenskap när du uppenbarligen inte längre vill ha vårt äktenskap, du är outhärdlig, sade hon, du har varit outhärdlig dessa två sista år, din självupptagenhet har slagit alla tidigare rekord, din självömkan närmar sig det sublimas gräns, ingen normal kvinna, eller man, hade stått ut med dig under dessa omständigheter, se på dig själv, du ser ut som om du skall dö i vilket ögonblick som helst, orakad, otvättad, likblek, insjunken, nej, låt mig tala till punkt, sade min hustru, trots att jag inte gjorde någon antydan att avbryta henne, du gör ingenting längre, sade hon, du skriver inte längre, du lämnar inte lägenheten längre, du rör aldrig vid mig, vet du vad det innebär! Nej, säg ingenting, låt mig tala, du sitter bara här i detta arbetsrum och mumlar för dig själv, eller går som en strafffånge fram och tillbaka mellan väggarna, ibland tar du fram din gitarr men lägger tillbaka den i fodralet igen utan att ha slagit an en enda sträng, ibland rotar du förstrött i någon låda, ofta talar du för dig själv, hör du det, du talar som en dåre för dig själv, och allt detta hade jag möjligen kunnat stå ut med en vecka eller en månad, eller två månader eller nio månader, men inte i åratal, du har blivit outhärdlig, sade hon, särskilt dina helt befängda litanior om vårt hemland har blivit outhärdliga, du lever i en fantasivärld, åtta fiender har blivit åtta miljoner fiender, du tror att ett helt folk är ute efter dig, trots att ett helt folk, med några få undantag, skiter i dig, vad bryr de sig egentligen om dig, begriper du inte det grundläggande, att det möjligen är dina böcker eller visor som betyder något, men inte du, folk vill ha dina romaner eller visor, inte dig, ta dig samman för guds skull, sade hon, mitt tålamod är slut.

Efter att ha stirrat på mig en lång stund lämnade min hustru rummet. Det här trotsar allt förnuft, tänkte jag, min hustru, min stöttepelare genom mer än ett halvt decennium, har anslutit sig till mina fienders läger. Varför har jag inte lagt märke till tecknen tidigare, varför har jag inte noterat hennes förakt; möjligen har hon rätt på den punkten, tänkte jag, att jag befunnit mig för länge i detta arbetsrum, att jag, plågad av min stumhet, den tystnad som jag tvingats till genom förföljelserna, vandrat fram och tillbaka mellan väggarna i detta rum, i någon mån kanske talat för mig själv, men absolut inte som en dåre, tänkte jag, utan helt berättigat talat för mig själv om saker som berört mig, helt berättigat formulerat min avsky för vårt gemensamma hemland, vänt taggarna utåt som man säger, i rent självförsvar, möjligen något kufiskt, men absolut inte som en dåre; hon har rätt i att jag mycket sällan lämnar den här våningen, men vad skall jag ute att göra, tänkte jag, det är höst, det blåser, regnet öser ner från morgon till kväll, vad skall jag då ute att göra, som en herrelös hund, i somras hände det att jag gick ut, men varför skulle jag *inte* stanna inne när det blåser och regnar, det är *naturligt* att stanna inne när det blåser och regnar, hennes anklagelser är fullkomligt befängda, sade jag för mig själv, det råder inget tvivel om saken, min hustru har anslutit sig till fiendelägret. Därinne befinner hon sig nu, tänkte jag och stirrade på skiljevägen mellan våra arbetsrum, på andra sidan denna vägg börjar de onda hegemonierna, det prasslande ljud jag nu hör är ett fiendeljud, detta ljud orsakas av mina fiender, eftersom min hustru nu, eller möjligen sedan länge, hör till fiendelägret, och ljudet, prasslet bland fotografierna, är per definition fiendeljud, jag står inte ut, tänkte jag, det finns ingen anledning att överse med en sådan provokation, ingen normal människa tål en sådan provokation, jag måste få ett slut på detta, tänkte jag, åtminstone tillfälligt.

Jag lämnade mitt arbetsrum och gick bort till min hustrus ateljérum. Hon satt på knä på golvet böjd över kontaktkartorna från en nyss framkallad film. Intill henne, på dokumentskåpet, stod ett brinnande stearinljus och strax intill återfann jag bröllopsfotot, vilket hon ännu inte kastat fast hon sagt att hon skulle kasta det. Hon var sig lik, tänkte jag, men varför skulle hon *inte* vara sig lik, blott ett par minuter hade ju gått sedan hon lämnat mitt arbetsrum, mycket upprörd, troligen var hon fortfarande upprörd, allt tydde på att hon fortfarande var upprörd, hennes rygg var fientligt upprörd, hennes hand som höll upp en kontaktkarta mot fönstret var lika fientligt upprörd, hennes andhämtning, lätt flämtande, var fientligt upprörd. Vad vill du, sade hon utan att lyfta blicken från kontaktkartorna, stå inte och glo bara, har du något att säga så ut med språket, jag är upptagen, ser du inte det. Jag skall inte störa dig, svarade jag, åtminstone är det inte min avsikt att störa dig, men omständigheterna tvingar mig att betrakta dig och möjligen formulera några frågor, du hör ju numera, enligt egen utsago, till de onda hegemoniernas jaktlag och då tvingar du mig att hålla dig under bevakning, sade jag till min hustru. Jag hör inte till någon, replikerade hon, för guds skull sluta med det där. Jag tog fyra steg framåt, satte mig på huk, tog en av kontaktkartorna och stack in den i stearinljusets låga. Vad gör du? sade hon. Vad fan är det du håller på med? Jag bränner en kontaktkarta, svarade jag, helt lugnt, utan att höja rösten, det är fullkomligt naturligt att sabotera ditt arbete, att med full kraft, helt skoningslöst, gå till anfall, nu när du anslutit dig till mina fiender, vilka inte sysslar med något annat än att systematiskt förstöra mitt arbete, vad annars hade du väntat dig, sade jag, att jag skulle omfamna dig, att jag skulle jubla över att ha en fiende i min våning, det är helt naturligt att jag med full kraft attackerar dig, du är enligt egen utsago en fiende och en fiende måste jag bekämpa, det är naturligt, annars skulle jag själv gå under. Medan jag sade detta försökte min hustru ta den brinnande kontaktkartan ifrån mig. Det tjänar ingenting till, sade jag medan hon gick lös på mig med slag och sparkar, dina slag och sparkar påverkar mig inte det minsta, du skall veta att mitt hat gör mig stark och okänslig, mitt förakt för mina fiender, till vilka du själv räknas, har härdat mig så till den grad att jag inte längre förnimmer någon fysisk smärta. Min hustru lät efter dessa ord en störtsky av slag, sparkar och svordomar hagla över mig, men hennes relativa svaghet och ringa längd gjorde det omöjligt för henne att försvara de resterande kontaktkartorna, vilka jag en efter en satte i brand. Det tjänar ingenting till, sade jag lugnt medan allt detta fortgick, jag tänker förstöra allt du har här i ditt så kallade ateljérum, inklusive vårt bröllopsfoto, du har anslutit dig till fiendelägret och nu får du stå ditt kast, jag hatar dig, sade jag till min hustru, och sett ur mitt perspektiv är mitt hat helt berättigat, skulle jag inte hata den som vill förgöra mig, skulle jag inte försvara mig mot en fiende som hotar att döda mig psykiskt, jo, sade jag till min hustru, allt annat vore självmord, allt annat vore att ställas inför nederlagets fait accompli. På detta vis fortfor jag att med lugn röst förklara för min hustru varför jag nu förstörde allt som fanns i hennes ateljérum: akrylmålningar, fotografier, videoband, hennes brev, anteckningar, dokumentpärmar; med mycket lugn röst förklarade jag mina bevekelsegrunder samtidigt som jag metodiskt satte eld på de föremål som kom i min väg, eller helt enkelt rev dem i bitar, trampade på dem, slet ut en film ur hennes kamera, knäckte hennes penslar över knät, kastade en pappmobil i väggen, utan att låta mig hindras av hennes slag och skrik, utan att ta hänsyn till hennes hotelser om att kalla på grannarna eller polisen, mycket metodiskt förstörde jag allt som kom i min väg, vilket var ett enkelt arbete ty min hustru har aldrig gjutit skulpturer eller huggit i marmor, sådana föremål hade ju varit svårare att utrota från sinnevärlden sade jag mig, men min hustrus eteriska pappers- och fotokonst bjöd inget som helst motstånd, tvärtom, på ett nästan skrattretande enkelt vis förgjorde jag alla dessa föremål, utplånade dem, förintade dem, blott min hustru bjöd motstånd, vilket jag nedkämpade med ett hånskratt, ty som min fiende förtjänade hon inte något annat än hånskratt och förakt och mitt hat riktat mot det som stod henne närmast, hennes så kallade konst, vilken jag nu förstörde metodiskt. Sluta! skrek hon. För guds skull hör upp! Men varför skulle jag höra upp? frågade jag mig; som jag såg det skulle jag snarare intensifiera förstörelsen, ty att vara skoningslös mot sina fiender är en generalregel i krig, och jag måste ju i rimlighetens namn försvara mig, och detta anfall tycktes mig berättigat, det var ett rimligt svar på mina fienders terror tänkte jag, en noga avvägd kontring, en fullt berättigad repressalie, att förstöra allt av värde för en fiende som inte sysslar med något annat än att förstöra allt av värde för mig. Jag såg inga som helst moraliska problem i en sådan hållning och därför fortsatte jag min kampanj, jag förstörde hennes diabilder, jag rev ner hennes projektor, jag kastade hennes videokamera i golvet, jag sparkade sönder kontrolldelen till hennes videobandspelare, jag tog bröllopsfotot för att förstöra det, men ångrade mig, jag gjorde allt detta med ett hånleende, tyst, stoiskt, samtidigt som jag avvärjde det ena mer dödsföraktande anfallet efter det andra från min hustrus håll, jag förstörde allt i denna ateljé som jag visste att hon höll kärt, och följd av hennes hysteriska vrål lämnade jag vår lägenhet med bröllopsfotot nedstoppat i kavajfickan, inte nöjd med min bedrift, det vore att välja fel ord, men lättad över att för omväxlings skull ha bekämpat en fiende av kött och blod och inte bara fantomer, de osynliga fiender ur mitt så kallade hemlands kulturetablissemang som i åratal bedrivit en hetsjakt på mig.

2

I den stad där jag och min hustru sedan ett halvt decennium tillbaka varit bosatta är lågtrycken mer eller mindre en meteorologisk konstant, regnmolnen tillhör så att säga stadsinventarierna, de utgör en ständig kuliss i det urbana landskapet, och för att skydda mig från regnskurarna tog jag min tillflykt till närmsta park, här är jag i skydd, tänkte jag, under taket till parkpaviljongen kan jag fatta posto, här kan jag stå en stund och tänka över min situation, tänka ut nya strategier, åtminstone vänta tills de värsta skurarna är över; därefter är allt öppet, tänkte jag, kanske går jag till ett kafé, där det oftast är varmt, eller åtminstone kaffet är varmt, eller möjligen till ett bibliotek där man kan läsa en tidning utan att behöva frysa, eller till en matinébiograf om jag har råd. Jag slog upp kavajkragen och frågade mig varför jag lämnat lägenheten i nollgradig temperatur utan att ta med mig min rock. Nya regnmoln hopade sig vid horisonten. Om några timmar skulle det mörkna. En man rastade sin hund strax intill parkpaviljongen. Hur kan man rasta sin hund i det här vädret, tänkte jag, varför väntar han inte på uppehåll? Kanske har denne man tvingats lämna sitt hem precis som jag, tänkte jag, kanske har han fördrivits eller självmant flytt tillsammans med sin trogne hund, sin fyrbente trotjänare, sin lurvige vapendragare, vid upptäckten av att hans hustru har anslutit sig till hans fienders läger, jag tycker synd om denne man, tänkte jag förvånat, jag ömmar för denne person, hans öde liknar säkert mitt, vad gör han annars ute i detta ofattbart deprimerande väder? Mannens hund gav vid anblicken av en annan hund upp ett skall och gjorde en tjurrusning bort mot den främmande hunden, ett utfall som hindrades av kopplet. Hunden gläfste och viftade på svansen. Herregud, denna eviga teater! sade mannen; jämt och ständigt denna teater! Som om hunden gjorde sig till med vilje, tänkte jag, som om hunden var falsk och bara spelade teater; denne man har ingen som helst respekt för sin hunds naturliga instinkter, tänkte jag, denne man retar sig till och med på sin hunds hundlikhet, på sin hunds hundegenskaper, på sin hunds hund-vara, så långt har hans förtvivlan fört honom att han speglar sin misantropi i sin egen hund, denne man har tillvaron tilltygat så illa att han nu är på gränsen att förlora förståndet, hans fiender har säkert angripit honom från alla flanker, med alla medel, och bakom hans försvarslinjer skickat in hans egen hustru som någon slags äktenskaplig fallskärmssoldat, beredd att sticka kniven i honom så fort han brister i vaksamhet, detta verkar ju vara en vanlig metod numera, tänkte jag, den ingår av allt att döma i den moderna terrorkonsten, att spela ut hustrur mot män, barn mot fäder, bröder mot systrar, etcetera. Har ni ingen respekt för att hunden trots allt är en hund, frågade jag honom, stående i skydd under paviljongtaket, inte alls ovänligt, jag var ju snarare i behov av att tala med någon; er hund spelar verkligen inte teater, ni verkar tro att er hund är falsk och försöker manipulera sin omgivning, när er hund i själva verket bara reagerar naturligt på stimuli, i det här fallet en annan hund, som er hund av instinkt kanske vill lukta på eller leka med. Min fråga föranledde mannen att komma närmare, tillsammans med sin hund som alltjämt skällde och viftade på svansen. Se här, sade jag, och höll upp bröllopsfotot, så skoningslöst förföljs jag själv av de onda hegemonierna att de inte ens tvekar att värva min hustru; för gud vet vilken fantasisumma har de nu också satt upp min hustru på lönelistan, de skyr inga som helst medel; inga offer eller pengasummor anses för stora, ingenting är heligt för dessa människor, de kommer inte att vila förrän de ser mig besegrad, tystad, död, på lit de parade där de alla kommer att slunga förbannelser ner i den öppna kistan; min intuition säger mig att ert öde liknar mitt, sade jag, också ni förföljs, det märks ju med all tänkbar tydlighet, på er jagade blick, på det sätt ni projicerar er misantropi på hunden och påstår att den spelar teater, men tro mig, förföljelserna i ert land är rena barnleken mot vad man råkar ut för på den oslagbara illviljans och avundens breddgrader, där har förföljelsen utvecklats till en modern konstart, till en nationaldisciplin mer eller mindre, där tvekar man inte ens att värva hustrur och barn och likt blodhundar hetsa dem mot deras män och fäder, ni skall i själva verket vara glad över att vara född här i detta land, där ni säkert förföljs, det märks ju, men där ni åtminstone kan trösta er med att terrorkonsten på personförföljelsernas plan ännu inte nått den universella nivå som härskar i mitt så kallade hemland, ni verkar skeptisk, sade jag till mannen, men allt jag säger er kan jag bevisa empiriskt. Kanske tänker ni, fortsatte jag, syftande på mig själv, överdriver denne främling som nu plötsligt tilltalar er när ni är ute och rastar er hund i detta oväder, kanske beror det på att denne man fryser, att det är två grader plus och att han står här i en sommarkavaj, nej, låt mig fortsätta, sade jag, denne man, tänker ni säkert, tillhör troligen dessa expatrierade paranoiker vars hat till hemlandet fungerar som bränsle för allt de tar sig för; han är säkert konstnär, landsflyktiga paranoiker är ju särskilt vanliga inom denna yrkeskategori, och möjligen tillägger ni i ert stilla sinne: vad har han med min hund att göra, det begriper jag inte, och i stort sett borde denne kverulant skämmas, begriper han inte vilken lycka det är att överhuvudtaget vara född i den här delen av världen, i den här delen av historien, hur tror ni er litania skulle uppfattas av en svältande någonstans i tredje världen, eller av en *äkta* flykting, låt oss säga en krigsflykting från Balkan, era litanior skulle av dessa människor inte bara uppfattas som våldsamt överdrivna utan som rena provokationer, hur tror ni detta gnällande uppfattas av våra döda, ni spottar mer eller mindre på deras gravar genom att ondgöra er över vår samtid, ni skymfar deras aska, det är ju på deras ben vi har byggt vår rikedom, det är deras månghundraåriga investeringar vi nu skördar frukten av; och ert land, fortsätter ni säkert i ert stilla sinne, tillhör dessutom de vackraste och rikaste av dem alla, det saknar dessutom ett sådant förflutet som ännu kastar sin skugga över mitt land, ni borde skämmas, och jag finner det för övrigt symptomatiskt att ni har kommentarer om min relation med min hund, den har ni överhuvudtaget inget med att göra.

Efter denna plötsliga utläggning som också förvånade mig själv, nickade mannen instämmande. Ni har rätt, sade han, min hund har ni inte det minsta med att göra, vare sig Jussi, eller min relation till Jussi, det är namnet på min hund, som för övrigt ständigt och jämt spelar teater och gör sig till, borde inte jag veta detta som är Jussis husse? Denna anklagelseakt överraskade mig så till den grad att jag utan ett ord åsåg hur mannen försvann iväg med sin hund. Han är vansinnig, tänkte jag, särskilt detta med hunden ger ju vid handen att mannen är vansinnig; hur kan man anklaga sin hund för att göra sig till och spela teater, det är helt enkelt inte klokt, hundar har ingen naturlig teaterläggning, de är helt utlämnade åt sina egna hundinstinkter, när en hund skäller och viftar på svansen för en annan hund är det verkligen inte tal om någon varietéföreställning, så gör hundar av instinkt när de ser en artfrände, så gör de till och med när de ser människor eftersom de med sina blygsamma förståndsgåvor tror att också människan är en artfrände, de förväxlar oss helt enkelt med sig själva, de tror att vi är hundar i lika hög grad som de själva, att också vi ingår i denna värld av skällande, morrande, pinkande, dräglande, skulle en fyrbent varelse som är så dum att den förväxlar människan med en artfrände vara i stånd att manipulera sin omgivning, att göra sig till och spela teater, denne man måste vara vansinnig, tänkte jag, det finns inte någon annan förklaring. Och en man som lever i tron att hans hund är falsk och manipulativ är givetvis i stånd att glorifiera ondskans hegemonier och avundens latituder, det ena ger det andra, hos sin hund ser han teater och manipulation, men mitt så kallade hemlands teater och ständiga manipulationer är han fullständigt blind för, jag tycker synd om denne man, sade jag för mig själv, han är förd bakom ljuset, ett offer för omständigheterna, trots att han troligen själv är förföljd och borde veta bättre, särskilt detta med hunden är ju helt sjukt. Titta på honom där han går i riktning mot torget, sade jag till mig själv, med sin hund på släp nosande i allsköns fekalier; allt hos denne man tyder ju på fördunklade själsförmögenheter, hans kläder, hans hund, hans val av väder för att rasta denna hund, är det normalt att rasta sitt husdjur i denna motbjudande väderlek, frågade jag mig, är det normalt att skälla ut en främling för att han rättar honom rörande hans hunds teatrala förmåga eller på ett öppenhjärtigt vis berättar om de förföljelser han utsatts för, också av sin egen hustru. Nej, sade jag mig, ingenting av detta är normalt, ingenting av detta tyder på en sund själ, men de flesta människor har ju heller ingen sund själ, sade jag mig, min hustru till exempel är ju i grund och botten själssjuk, hur kunde hon annars efter alla dessa år skriva kontrakt med mina bödlar, detta är ju själva motsatsen till sundhet och normalitet; nu försvinner mannen utom synhåll, sade jag till mig själv samtidigt som mannen försvann utom synhåll, det är skönt att denne man, och hans hund, Jussi, försvinner utom synhåll, där hör de hemma, särskilt detta med Jussis påstådda teater är ju helt sjukt och hör hemma utom synhåll.

Ett kort uppehåll i regnvädret tillät mig nu att lämna parkpaviljongen och gå bort till närmsta kafé beläget intill en mindre trafikerad gatukorsning. Jag beställde en så kallad Milchkaffee och satte mig vid ett fönsterbord. Det började åter att regna. På nytt tog jag upp bröllopsfotot ur kavjafickan och betraktade det, jag själv i kostym och min hustru i en enkel benvit klänning. Det förvånade mig att denna kvinna var min äkta hälft. Jag försökte erinra mig initiala tecken på hennes svek, när skulle dessa ha kunnat märkas, frågade jag mig, redan på vår bröllopsresa? Nej, på vår bröllopsresa rådde fortfarande kärlek, på vår bröllopsresa visade hon sig fortfarande solidarisk på en hustrus självuppoffrande vis. Du är ett geni! kunde hon utbrista utan minsta tillgjordhet där vi promenerade vid Paladinen, vilket givetvis smickrade mig; du är den enda man jag träffat med en äkta begåvning! kunde hon säga på en parkbänk vid Tiberns strand; det står helt klart, sade jag mig nu och drack något av min Milchkaffee, att hon vid tiden för vår bröllopsresa till Rom sex år tidigare ännu inte anslutit sig till de onda hegemoniernas jaktlag, allt tyder på att hon åtminstone under denna vecka ännu inte var köpt av mina fiender, att hon som man säger inte var beväpnad, jag skulle ha märkt det på en falsk blick över en tallrik bläckfisk, sade jag mig, jag skulle ha anat något på rösten när hon prisade en eller annan tiberiensisk kolonn, det står nu helt klart, sade jag mig och drack ur det sista av den halvljumna Milchkaffeen, att hon vid denna tid, i romersk ambiens, ännu inte funnit sig i tanken på Judasrollen, den kom troligen senare, jag hatar henne, tänkte jag; hon är ett svin, en förrädare, ropade jag kvävt.

Mitt plötsliga utrop väckte genast servitrisens uppmärksamhet, och för att inte blamera mig lät jag hycklande beställa in ytterligare en kopp Milchkaffee vilken jag blott tänkte låta stå och kallna medan jag såg ut genom fönstret, på regnet, ansamlingarna av vatten i större eller mindre pölar, beroende på stenläggningen och gatans lutning, och fortsatte generalmönstringen av mitt äktenskap. På hösten för två år sedan måste hon ha anslutit sig till fiendelägret, tänkte jag, samtidigt som vi bytte lägenhet, då var mitt självförtroende som svagast, då befann jag mig på kräldjurens nivå, helt under isen, driven till självmordets rand av förföljelserna. Troligen anslöt hon sig till fiendelägret någon gång kring jul, jag minns att vi grälade särskilt intensivt kring jul, hon kastade föremål i väggen och vek inte för de allra gemenaste anklagelseakter, de lägsta skamgrepp, insinuationer om att jag undanhöll henne min kärlek etcetera, tänkte jag, och drack, trots mina goda intentioner att låta kaffet stå och kallna, en klunk av det ännu inte kallnade kaffet och letade desperat i minnet efter en brytpunkt där historien sammanföll med en stark misstanke om svek; det gjorde mig så utmattad att jag lät beställa in ett litet glas kryddlikör. Vet ni vem detta är, frågade jag servitrisen medan hon serverade mig glaset med kryddlikör. Det är ni, svarade hon, och kvinnan intill är med all sannolikhet er hustru, det är ju helt klart att vi här har att göra med ett bröllopsfoto. Hon är en förrädare, sade jag, eller snarare muttrade jag, hon är en Judas, en Brutus, bli aldrig som hon, sälj er aldrig till er mans fiender, den synd ni därmed gör er skyldig till är oförlåtlig, det straff som väntar er kan inte ens Dante beskriva, har ni läst Dante, frågade jag; det spelar hursomhelst ingen roll, beakta bara mitt råd, ett tips kafékund och servitris emellan, mellan konsument och producent så att säga. Jag har ingen man, sade servitrisen. Så mycket bättre, utbrast jag, därmed har ni ingen ni kan svika, eller möjligen har ni redan gjort er skyldig till svek, och därför har ni nu ingen man, ni kan vara glad, sade jag, att han blott försköt er, det kunde ha slutat betydligt mer illa, en kvinna som så skamlöst säljer sig till sin mans fiender förtjänar det värsta av straff, ni kan ta undan kaffet, sade jag, det faller mig inte i smaken, medge att ni använder pastöriserad mjölk, jag avskyr pastöriserad mjölk som skummas, jag nöjer mig med detta glas kryddlikör. Efter att servitrisen försvunnit med det ännu inte kallnade kaffet undrade jag om min förfrågan på något vis gjort henne orolig, särskilt det faktum att hon nu lade musik på stereon tydde på detta, ett kassettband eller en cd-skiva med den mest obeskrivligt banala populärmusik, en fullständigt hjärndöd komposition driven framåt av de mest imbecilla synkoperade rytmer. Ändå verkade jag ha blivit föremål för hennes diskreta intresse, hon sneglade på mig i smyg medan hon rengjorde disken med en trasa och med stickrepliker konverserade en nyanländ gäst, en stamgäst av allt att döma, eftersom de sinsemellan använde den familjära du-formen. Rent teoretiskt, sade jag mig, skulle denna servitris en gång i tiden ha kunnat vara gift med mannen jag nyss mötte, ingenting står i vägen för den möjligheten, sade jag mig, det är en liten men ändå statistiskt tänkbar möjlighet; hon skulle teoretiskt sett, funderade jag med blicken ut mot gatan, ha kunnat vara gift med den desperate hundägare jag alldeles nyss, i regnet, i parken, mötte, den man som projicerade sin misantropi på sitt husdjur och som påstod att Jussi spelade teater när Jussi i själva verket är fången hos sina instinkter. Men troligen ändå inte, sade jag mig och blev återigen varse musiken som med sin idioti nästan tangerade den provocerande idiotiska musiken i mitt hemland. Jag saknade plötsligt tystnaden som rått på detta kafé när jag först trätt in genom dess dörr, när jag först suttit vid fönsterbordet och betraktat fotot som föreställde mig och min hustru och lyssnat till regnet som knappt hörbart slog mot rutan, som små naglar hos en kvinna som ville väcka någon sovande kafékunds uppmärksamhet. Sänk volymen, ville jag nu ropa till servitrisen, ta bort de banala harmonierna, inte ens värdiga ett spädbarns öron, inte ens värdiga Jussis öron, eller byt till något människovärdigt, jag står inte ut, ville jag ropa, och kanske därefter gå mot bardisken, ignorera stamgästen, eller tvärtom lägga en arm om stamgästen, med spelad förtrolighet, och därefter tillfoga: låt mig för guds skull betala för mitt kaffe med skummad pastöriserad mjölk, som rent ut sagt smakade skit, ge mig notan, här står inte en människa ut! Men istället satt jag kvar och stirrade ut på gatan och frågade mig: Vad gör min hustru nu? Frågan var inte ointressant. Försöker hon i den mån det låter sig göras rekonstruera de arbeten jag just, med rätta, har förstört för henne. Det var omöjligt att veta. Spekulationer av den arten föreföll mig fullständigt meningslösa, liksom spekulationerna om huruvida ödet möjligen band samman servitrisen och mannen med hunden. Ingenting intresserar mig egentligen mindre än öden och spekulationer, sade jag mig, de första är ju oundkomliga och de senare är svårverifierbara. Det enda som intresserar mig, tänkte jag, är mitt skrivande, mina visor och min litteratur, men inte ens det har jag kvar, för man har tvingat mig till tystnad. Brevet till Bachmann föreföll mig nu avlägset, i mitt brev till Bachmann, sade jag mig, hade jag åtminstone lyckats uppbåda ett visst kvantum hat, men nu hade hatet vissnat, för inget brevskrivande vattnade längre mitt hat, inga idiotiska frågor uppbådade längre min ilska; jag borde fortsätta mitt brev till Bachmann, föreslog jag mig själv med falsk entusiasm, jag borde gå hem och avsluta det med största möjliga indignation och ett postskriptum som avrådde Bachmann från att publicera broschyren, eftersom en publicering av broschyren skulle göra honom till språkrör för världens ondaste nation. Å andra sidan kunde ju Bachmann höra till mina fienders läger, i den vägen var ju ingenting förvånande, de trängde mig ju från alla fronter och linjer, till och med bakom alla fronter och linjer, ja rentav över och under alla fronter och linjer. Det var inte omöjligt att den broschyr som Bachmann påstod sig ha fått i uppdrag att publicera i själva verket var ett gement trick, en fälla iscensatt av mina fiender eller rentav min hustru, sak samma, för att skjuta mig ytterligare ett längdmått närmare graven, en självmördares grav, rättade jag mig, ge mig bara en revolver och jag kan inte svara för vad jag gör. Men inte desto mindre hade Bachmanns brev provocerat mig i positiv mening, det svarsbrev jag formulerat, eldad av mitt otroliga ursinne, var ju trots allt den första litterära övning jag haft på mer än två år. Frågan var enkel: att fortsätta eller inte fortsätta mitt svarsbrev. Föreställ dig, sade jag till mig själv, att du fortsätter ditt svarsbrev till Bachmann, vad har du att förlora på det; ingenting, inte ens om det hela är ett trick har du något att förlora, inte ens om det är en fälla, för du har trots allt fått ett ord med i laget, du har formulerat dig, och att formulera dig är ju ditt syre, medan däremot det omvända scenariot, att inte fortsätta brevet till Bachmann, särskilt om det *inte* är ett trick, berövar dig inte bara möjligheten att formulera dig, utan också att publicera dig, även om det sker i en sådan blygsam form som en broschyr. Jag tömde det sista ur mitt glas med kryddlikör och betraktade gästerna i kaféet. Ingen av dessa gäster vet vad jag har genomgått de senaste två åren, sade jag mig, inte mannen vid disken som låter sig konverseras i du-form av servitrisen, inte den unga flickan som läser en pocketbok och suger på en klubba, inte mannen med den holländska pipan som har gömt sig bakom en dagstidning, eller hans bordskamrat som verkar bedrövad, troligen över en kärlekshistoria, intalade jag mig. Sittande vid fönsterbordet med mitt lidande utom räckhåll för de andra gästernas föreställningsförmåga fattade jag beslutet att fortsätta mitt svarsbrev till Bachmann, helst med det snaraste, jag måste härifrån sade jag mig, och vinkade på servitrisen för att få in notan.

Kan jag be att få notan, sade jag. Hon nickade. Den enklaste överslagsräkning sade mig att notan skulle ligga på tolv och femtio, två Milchkaffee och ett litet glas kryddlikör kostade alltid tolv och femtio på denna stads utskänkningsställen såvida man inte medvetet sökte sig till de lyxigare kaféerna, vilket jag aldrig gjorde, mindre av ekonomiska skäl än i avsmak för de dyra kaféernas klientel, ett obeskrivligt borgerligt pack som stinker av alltför dyra parfymer och på ett outhärdligt vulgärt vis viftar åt sig kyparna med sina kontokort. Det är därför förvånande, mumlade jag när servitrisen gav mig notan, att två Milchkaffee och ett litet glas kryddlikör på detta i alla hänseenden *mindre* lyxiga kafé betingar femton och femtio, ett misstag måste ha begåtts, förklarade jag, ni måste ha fått ett virus i er datoriserade räknemaskin, en kollaps i de binära grundfunktionerna, den här bongen stämmer inte alls, den kan inte stämma, underströk jag, för detta är inget lyxigt kafé, tvärtom, det är av inredningen och klientelet att döma ett ganska billigt kafé, rentav ett mindre bra kafé, nästan ett slummigt kafé; på lyxiga kaféer sitter aldrig småflickor och suger på klubbor bakom en pocketbok, på lyxiga kaféer är det överhuvudtaget inte kutym att läsa något annat än de högerkonservativa dagstidningarnas ekonomibilagor, och aldrig någonsin skulle det falla en servitris in på en lyxigare inrättning att konversera gästerna i den familjära du-formen, det vore ett oförlåtligt etikettsbrott, ett slag i ansiktet på överklassgästerna som är beredda att betala en förmögenhet för att slippa bli tilltalade i du-form, ni har ett allvarligt problem med räknemaskinen, sade jag skämtsamt, med dess binära funktioner, såvida ni inte helt cyniskt försöker lura mig. Anklagelsen om bedrägeri fick servitrisen att rodna. Missförstå mig inte, sade jag leende i ett försök att understryka att felet låg någon annanstans, troligen i de binära funktionerna, men notan är inte rätt, den stämmer inte, inte ens under hot kan jag tänka mig att betala mer än tolv och femtio för två stycken Milchkaffee och en kryddlikör, i alla fall inte på ett *mindre* lyxigt kafé som detta, kanske har ni förväxlat min nota med någon annans, försök med mannen där som ser ut att plågas av kärlekskval, eller flickan med klubban, möjligen är det någon av dem som beställt in dryckesvaror för femton och femtio, särskilt mannen med kärlekskval ligger nära till hands i det avseendet, män med kärleksproblem tenderar att helt patetiskt beställa in alkoholhaltiga drycker i stora mängder för att som man säger *dränka sina sorger*, själv har jag inga sådana sorger, tillfogade jag, tvärtom, jag älskar ingen kvinna men jag hatar en kvinna, min hustru, som nu har sällat sig till mina bödlars läger, och ligger inte förklaringen i att ni har förväxlat min nota med någon annans, flickan med klubban, mannen med kvalen, så ligger säkert förklaringen i räknemaskinens binära processer, och vad ett sådant fel i kretsloppen kan leda till är ju uppenbart, ett ofrivilligt bedrägeri i miljonklassen om det får fortgå i ett par år, tro inte att jag är ute efter er personligen, tillfogade jag, jag är ytterst sällan ute efter någon personligen, men vi måste lösa problemet med denna av allt att döma felaktiga nota. Min auktoritära hållning fick henne att omedelbart retirera till kassaapparaten och där kontrollera bongen. Hon kom tillbaka med en matsedel, en så kallad dryckesmeny, kopian på min nota och en triumferande uppsyn. Den stämmer visst, sade hon, var vänlig att själv kontrollera priserna i menyn för det ni beställt, addera dem gärna här på min miniräknare, och ni kommer att upptäcka att notan är helt rätt. Slaget är förlorat, sade jag vänligt varefter jag betalade och gick, stängde dörren om mig och omedelbart, stående på gatan, ifrågasatte mitt val att lämna kaféet som i allafall var uppvärmt och torrt.

Regnet föll nu allt ymnigare, knappt en människa var ute, trafiken hade glesnat. Jag borde gå hem, sade jag mig, hemma väntar Bachmann, tänkte jag, här väntar blott en förkylning. Hemma väntar en skrivmaskin, här väntar blöta fötter. Valet förefaller mig enkelt, sade jag mig, bara en vettvilling föredrar blöta fötter framför en skrivmaskin, blott en dåre längtar efter en förkylning när han istället kan skriva brev. Glöm inte det löfte du avkrävde dig själv, sade jag mig uppfordrande, gå hem och avsluta brevet till herr Bachmann, det är det enda vettiga en man i din prekära situation kan göra, fortfor jag medan jag gick hemåt, skriv nu när försynen har låtit lätta på din kramp, när brevskrivandets musa har låtit nåden vederfaras dig, tänkte jag medan jag närmade mig porten till fastigheten, tveka inte att på nytt slå dig ner framför den skrivmaskin från vars vals du har sett bladen till inte mindre än fem romaner kavlas ut, försynen gav dig Bachmann och hans egendomliga broschyr, vilken du förvisso förhåller dig skeptisk till, men återgälda försynen, tänkte jag optimistiskt på väg uppför trappan till lägenheten, genom att skriva färdigt ditt brev till denne mystiske broschyrförläggare, Bachmann, och du skall på nytt genom musernas försorg storslaget belönas, tänkte jag medan jag öppnade lägenhetsdörren, och kanske snart, med en liten gnutta tur, vänder vinden och du gör på nytt det som är meningen med ditt liv, det enda som verkligen intresserar dig, tänkte jag triumferande, det enda du är beredd att avstå allt för, en hand, två händer, rentav tre händer om du hade fler än två, att skriva romaner, mumlade jag, eller visor, och stängde dörren om mig, men gå först in i din hustrus arbetsrum, sade jag mig, och ta reda på vad denna tystnad kommer ifrån. Efter att på detta sätt med små inspirerande mumlingar ha ingivit mig mod öppnade jag dörren till min hustrus arbetsrum och fann det tomt, inte bara på konstföremål utan också på kläder, hennes resväska, pass, bankböcker och favoritromaner. Här ligger säkert ett avskedsbrev och väntar, intalade jag mig, och fann verkligen i samma ögonblick ett avskedsbrev på hennes skrivbord, mer än två sidor långt, förutsägbart in i minsta semikolon, hela mitt syndaregister stod där uppskrivet i punktform, hon har nu lämnat mig, tänkte jag och läste i samma ögonblick att hon lämnat mig, hon stod inte längre ut, tänkte jag och läste i samma ögonblick att hon inte längre stod ut, hon tar kontakt med mig senare i vår så vi får lösa problemet med det gemensamma lånet, läste jag i samma stund jag gissade detta. Så förutsägbart, tänkte jag, kan något bli mer förutsägbart än ett avskedsbrev, och det finns ett viktigare brev som väntar mig, nämligen mitt eget svarsbrev till den mystiske Bachmann, skrattade jag medan jag gick in i mitt arbetsrum och satte ett blankt pappersark i skrivmaskinen. Tillbaka till era frågor Bachmann, skrev jag utan att tveka, eller rättare sagt tillbaka till mina svar. Jag vill inte förvirra er genom att alltför djupt gå in på det faktum att min hustru alldeles nyss, mitt under arbetet på mitt svarsbrev, har lämnat mig, av skilda skäl, men framför allt hetsad av mina fiender, hennes syskonsjälar så att säga, men så ligger det till på min front Bachmann, skrev jag. Er front, det vill säga broschyrprojektsfronten, förefaller mig fortfarande suspekt, men ni tvingar mig genom broschyren, och häri ligger det försonande, att berätta sanningen om det land som ni med en sådan oförlåtlig naivitet har tagit upp i er union. Har jag tidigare i detta brev behandlat frågan om detta lands teveserier? skrev jag; jag fruktar att detta knappt formulerbara tema återstår. Tro mig Bachmann, i inget annat land nämnt i en atlas bjuder tevekanalerna på en sådan obeskrivligt motbjudande flora av fullständigt människofientliga underhållningsserier, så kallade såpoperor, tänkta att en gång för alla förjaga de sista resterna av mänskliga värden från min i alla hänseenden mentalt ruinerade fosterjord. Det sträcker sig bortom allt förstånd, skrev jag till Bachmann, det sträcker sig till och med bortom det man kallar att sträcka sig bortom förståndet, själva ordet bortom och själva ordet förstånd blir helt meningslösa för här har vi lämnat det begripligas dimensioner bakom oss, skrev jag. Själv kräks jag hjälplöst vid blotta vinjettmelodin till någon av dessa så kallade underhållningsserier. Vid ett tillfälle då jag mot allt förnuft, i den förvisso hedrande föresatsen att blotta ytterligare en av detta lands inflammerade varbölder, hemma hos en bekant slog på en teveapparat, kräktes jag så länge och intensivt att jag fullständigt tömde min mage, men trots detta Bachmann, skrev jag, var kräkreflexerna framretade av en av detta lands teveserier så starka, att jag för att inte svimma av kramperna blev tvungen att äta en halv limpa bröd för att kunna fortsätta att kräkas tills kräkanfallet tog slut, vilket det gjorde först en halvtimme senare under djävulska konvulsioner. Ni anar inte, skrev jag, hur bottenlöst enfaldiga dessa teveserier är, och hur utstuderat de existerar blott i syfte att ytterligare narkomanisera befolkningen, att tömma den på det sista av värden, konst, filosofi, skönhet, moral, att en gång för alla förslava nationen, förvandla invånarna till zombier, färdiga att med namnen på nationens mest efterblivna skådespelare på sina läppar falla ner och dö i sina gillestugor. I en av dessa teveserier, Bachmann, skrev jag, den utspelar sig i rederimiljö och räknas ändå till de bättre, tävlar gräddan av landets mest berömda skådespelare om att på plågsammast möjliga vis ta livet av det sista som finns kvar av andliga värden. Det är ett obeskrivligt sammelsurium av misslyckade intriger, katastrofal dialog, vitsar man inte skulle skratta åt ens under pistolhot, inte ens framför en exekutionspatrull, alltsammans utfört med en scenisk konstfärdighet som med lätthet skulle överträffas av lekskolebarnens teddybjörnar i ert land Bachmann, och gjort med en inspelningsteknik som borde prisbelönas för sin måttlösa amatörism. Kameramikrofonerna syns i bild, ibland ser man en skymt av skriptan, regissören hörs hosta över en cigarett. Och denna såpopera utspelad i rederimiljö utgör ändå ett veritabelt under av konstfärdighet i jämförelse med dess halvdussin konkurrenter som utspelar sig på varuhus, sjukhus, sinnessjukhus, djursjukhus och i någon slags mediaskolemiljö jag aldrig, på grund av de våldsamma kräkreflexerna, har fått något grepp om. Särskilt denna sistnämnda lär innebära något av ett världsrekord i andefattigdom, denna såpopera är så outhärdlig att man önskar att man aldrig blivit född. Hur pervers och smaklös ni än råkar vara Bachmann kan ni inte föreställa er något så bottenlöst perverst och smaklöst som mitt så kallade hemlands såpoperor. Det finns helt enkelt inte något så smaklöst och dåligt någon annanstans på jorden, de är helt enkelt teoretiskt omöjliga att föreställa sig i sin bottenlösa smaklöshet och dålighet, och ändå existerar de. Bristen på skådespelartalang går inte att beskriva ens i en tusensidig avhandling. Bristen på regiförmåga går inte att klä i ord. Det är något så bottenlöst taffligt Bachmann, att man vägrar att tro sina sinnen.

Men tro inte Bachmann, skrev jag, att man istället en kväll kan söka asyl på någon av landets teatrar i hopp om att där få uppleva något av det som i ert land med rätta kallas *skådespelarkonst*, kursiverade jag, det kan ni omedelbart slå ur hågen. På kvällstid på teatrarna i mitt land dyker nämligen, med några undantag, samma skådespelare upp som under eftermiddagen skamlöst medverkat i inspelningarna av de nyss nämnda såpoperorna, inspirerade av eftermiddagens gränslösa själlöshet, och utsätter besökaren för en regelrätt steglingsakt på skådespelarkonstens område eftersom man nu tvingas att uppleva dem i form av kött och blod och inte med en suck av lättnad kan sopa bort dem från sinnevärlden med hjälp av en fjärrkontroll. Från mitt lands teaterscener fortsätter dessa monster, dessa själens skarprättare, dessa teaterkonstens bödlar att tortera besökaren efter bästa förmåga, och som tack utnämns de till nationalhjältar och genier av den gravt hjärnskadade kultur- och nöjespressen. De är helt enkelt ruskigt amatörmässiga, skrev jag, de vet inte hur man spelar teater, man tror inte på dem, man vägrar att tro på dem, det är omöjligt att tro på dem, man flabbar högt när det är meningen att det skall vara tragiskt, och tvärtom, man gråter av skam när de försöker spela komedi. Kan ni tänka er Bachmann, skrev jag, så ser det ut på teatern under kvällsföreställningarna i mitt så kallade hemland, missförstånden är totala, publiken skrattar när det är meningen att den skall gråta och tvärtom. Men skådespelarna fortsätter som om ingenting hänt, som om detta vore den mest normala sak i världen, att bli missförstådda från första till sista akten, att spela teater för en publik som borde gråta när den istället skrattar, man tycker väl inte att det är så farligt med missförstånden, skrev jag, the show must go on tycks man tänka, och huvudsaken är ju att vi får stå i strålkastarljuset och låtsas att vi vet något om skådespelarkonsten när vi i själva verket så till den milda grad har missförstått skådespelarkonsten att vi lockar publiken till skratt när det är meningen att den skall gråta eller till gråt när det är meningen att den skall skratta. Så fortsätter de, skrev jag till Bachmann, galna av stolthet, hundratvåprocentigt erigerade av uppmärksamheten, och när ridån går ner efter sista akten så spelar det ingen roll att man misslyckats med hela konceptet och fått publiken att skratta till en tragedi, eller tvärtom fått den att gråta till en komedi, man tar emot ovationerna och de halvruttna blomsterbuketterna som om ingenting hänt, och ofta blir man inappläderad ett tjogtal gånger, nu nästan gråtande av extas och självgodhet, och även regissören brukar då dyka upp, kanske något förvånad över att publiken skrattat sig halvt fördärvad åt något som var tänkt som en tragedi, eller gråtit över något han inbillat sig var den ultimata komedin, men också han är själaglad och betraktar sig som ett stort geni som lyckats med konststycket att göra en tragedi av en komedi, eller tvärtom, fast det inte var tänkt från början, men att göra dygd av nödvändighet är ju nu en gång för alla ett helt bärande element för samtliga konstformer i detta amatörismens paradis, och alltså är alla lika lyckliga, de obeskrivligt dåliga skådespelarna, den obeskrivligt obegåvade regissören, den obeskrivligt tölpiga och obildade teaterpubliken. Bravo! vrålar pöbeln från loger och parkett, vilken underbar komedi, sällan har vi skrattat så gott i våra liv, och skådespelarna, alldeles sjövilda av extas, håller förstås god min i elakt spel och låtsas instämma i att det hela varit en komedi, fastän de hela tiden trott sig medverka i en tragedi, så i slutändan, skrev jag till Bachmann, kan det hela verkligen kvitta, för alla är ju nöjda och har fått det de ville ha, trots att missförstånden är totala. För övrigt, tillfogade jag, hade de svåra plågorna i allafall kunnat göras mer varierande om man i detta land överhuvudtaget varit i stånd att regissera och spela något annat än realistiska dramer, komedier eller tragedier, men för detta saknar man ju inte bara den grundläggande förmågan utan också all historisk kännedom. I detta land, skrev jag till Bachmann, lever man i den egendomliga tron att ingen dramatik har skrivits sedan 1910, man lever i tron att dramatikerna var en särskild märkvärdig människoart som oförklarligt dog ut med 1800-talets naturalism, kanske beroende på något virus mot vilket de inte var resistenta. Det är helt ofattbart. De få levande eller yngre dramatiker man överhuvudtaget tolererar och vars pjäser man sätter upp är inget annat än djupt fascinerande anakronismer, egendomliga gengångare från denna tid, dessa dramatiker, jag tror det finns två eller tre, skrev jag, överlever på att så skickligt som möjligt härma de utdöda realistiska mästarna, detta har de gjort till en egen konstform, som gamla notkopister ungefär, eller antika diktare som skrev efter formel, att kalkera pjäser som redan skrevs för hundra år sedan, det är det berömda jaktgeväret-på-väggen-i-akt-ett-som-avlossas-i-akt-tre för hela slanten, det är oerhört skickligt Bachmann, skrev jag, men det är ändå moderniserade kopior av stycken, komedier eller tragedier, som skrevs år 1887. Det är som om tiden har stått stilla på detta område, skrev jag, inte ens absurdismen är man bekant med, och den mest moderna teaterteoretiker man känner till är förstås Stanislavskij. Är det konstigt att jag jämställer teaterkonsten i mitt så kallade hemland med en skarprättares övningar, Bachmann? skrev jag. Ni borde själv i experimentsyfte göra ett besök på någon av dessa teatrar, helst någon av de större statsunderstödda, där är det som värst, och inte blott för att de styrs med regelrätta maffiametoder, med en helt obeskrivlig nepotism, korrupta från biljettförsäljare till teaterchef, fast kanske ändå inte, tillade jag tvekande, ni löper ju risk att få men för livet. Särskilt ett besök på den största och mest prestigefyllda av de statsunderstödda teatrarna riskerar att för all framtid ge er nervösa besvär Bachmann, skrev jag trots min tvekan om huruvida jag verkligen ville utsätta

Bachmann för det nyss nämnda. Denna huvudstadsinstitution borde enligt min mening jämnas med marken. Dess samhällsfarlighet kan jag inte nog understryka. Inte på någon annan teater i den västra hemisfären spelas det så undermålig dramatik till sådana offer för skattebetalarna. Här inscenerar man de mest hurtfriska operetter av Strauss eller klär ut Hamlet i punkutstyrsel i skrattretande försök att provocera den sedan livmodern autistiska publiken. Man hade blivit utskrattade i ert land Bachmann, skrev jag, folk hade börjat kasta ruttna tomater, de hade lynchat dessa amatörer för deras fräckhet att överhuvudtaget våga ta betalt för sin obeskrivliga smörja. Och skattebetalarna Bachmann, skrev jag, hade med all rätt krävt omval. Man borde jämna denna institution med marken istället för att varje år understödja dess korrupta ledning med miljoner, man borde sparka ut dess undermåliga skådespelare och parodier på regissörer, ingenting retar mig mera än denna institution, skrev jag till Bachmann, finge jag se den riven under min livstid kunde jag dö i frid. Det är min smala lycka, tillfogade jag, att jag till råga på allt annat elände åtminstone inte är dramatiker. På detta område hade jag förmodligen tystats av torpeder, skrev jag, man hade inte tolererat mig en sekund, man hade drivit kampanjer mot mig natt och dag. Jag tackar Gud Bachmann, skrev jag, för att jag inte mot allt förnuft har försökt mig på att skriva drama, att bryta realismens strupgrepp, att strunta i Stanislavskij, det hade utlöst en pogrom från mitt så kallade hemlands kulturelit, de hade begravt mig levande för en sådan fräckhet, de hatar mig Bachmann, skrev jag, och jag hatar dem.

Ni kan inte föreställa er ett sådant land och ett sådant andligt klimat, skrev jag, annars skulle ni vägrat att befatta er med broschyren. Är ni måhända journalist Bachmann? skrev jag. Brukar det inte vara vanligt bland arbetslösa journalister, att de av en eller annan myndighet får i uppdrag att färdigställa en eller annan broschyr, sak samma om vad, bara det håller arbetslöshetsstatistiken i schack i denna av arbetslöshet så plågade yrkeskår. Gud hjälpe er om ni är journalist Bachmann, skrev jag, finge jag reda på att ni är journalist kan ni glömma all medverkan från mitt håll då det gäller denna broschyr. Journalister är för mig mer eller mindre vad antikrist är för de frireligiösa, journalister anser jag med rätta utgöra världens avskum, särskilt i mitt så kallade hemland utgör de världens avskum, de lägsta av de lägsta, bottenskrapet av allt djävulskt pack. Helt nyligen, skrev jag, fick jag besök av en så kallad journalist från mina breddgrader, ni kan inte föreställa er en människa som denne, skrev jag till Bachmann, denna människa är så rakt igenom vidrig att vidrig utgör själva substantivet och människa snarare är en liknelse, en färgning, ett djupt missvisande adjektiv. Låt mig helt kort berätta om detta genomvidriga monster, skrev jag. Han sökte kontakt med mig då jag vid ett tillfälle uppträdde på en visfestival i mitt så kallade hemland. Den journalistiska snikenhetens vanor trogen hade han tagit sig in på festivalen gratis, under förevändning att få intervjua mig, därtill hade han, utan en tanke på att göra rätt för sig, gratis låtit beställa in ett exemplar av mitt fonogram och tillika ett exemplar av min senaste och troligen sista roman. Kort efter mitt framträdande uppsökte han mig i logen där han med ett fullständigt genomfalskt leende redogjorde för sina planer att besöka mig här i min nuvarande hemstad för att på plats göra ett frilansreportage om denna stads ytterst levande chansontradition, och där jag, som han uttryckte det, skulle ”utgöra reportagets nav”. Trots min instinktiva motvilja mot denna på alla sätt genomvidriga och illaluktande människa, som allra mest påminde om ett rövhål i femtio gångers förstoring, sade jag Ja, men med det förbehållet att han först måste ordna med en beställning på detta frilansreportage så att det inte gjordes förgäves. Detta lovade han där han stod framför mig, med en gams uppsyn, inkarnerande den samlade vidrigheten hos mitt hemlands journalistkår, och med ett obeskrivligt infamt leende som skulle låta förstå att det var en stor ära för mig att få intervjuas av denne obeskrivligt löjeväckande viktigpetter. Två veckor senare dök han upp med bandspelare och notisblock i högsta hugg. Jag var på alla sätt oförtjänt tillmötesgående mot detta tvåbenta monster som i sanningens namn fullständigt hade misskött den del av det journalistiska arbetet som kallas research, varför jag fick förklara för honom det mest grundläggande om denna stads chansontradition, ge honom namnen på alla artister och kompositörer av värde, tala om för honom var han skulle finna de intressantaste kabaréscenerna etcetera. Inte mindre än fyra timmar, skrev jag till Bachmann, lade jag ner på denna intervju med detta genomvidriga missfoster till journalist, trots att jag lindrigt sagt var under stress och hade andra saker att tänka på, jag bjöd till och med detta rövhålsliknande monster på kaffe och glass och ett litet glas grappa, skrev jag till Bachmann, och ställde motvilligt upp på att låta mig fotograferas mot de mest förödmjukande bakgrunder i mitt kvarter, det stod helt klart för mig att detta skulle bli ett ytterst löjligt reportage, men jag hade ju så att säga redan givit mig in i leken. Mot slutet av intervjun började han till min oförställda häpnad att slingra sig och säga att kanske skulle jag i allafall inte utgöra reportagets nav, jag skulle kanske snarare dyka upp i förbigående och svara på några frågor om chansontraditionen, navet, sade han, skulle troligen vara själva staden, själva traditionen. Jag förklarade då stillsamt för denna genomvidriga människa att ett av mina grundkrav när jag för en gångs skull ställer upp på en intervju är att intervjun då skall handla om mig, eller rättare sagt min konst, och inte om någon annans konst, det verkar väl rimligt, sade jag. Vidare frågade jag honom, nu ansatt av tvivel på hans avsikter, om han verkligen sålt in sin idé till den tidning som han lovat. Givetvis är intervjun insåld, försäkrade mig då detta rövhål återigen, det har jag ju redan lovat dig vid allt heligt, fast det blir ju nu inte så mycket en intervju med dig som jag från början tänkt mig, sade han. Låt gå, replikerade jag, och var så vänlig att faxa mig en kopia av denna text som du först lovade skulle handla om mig, men som nu ändå inte skall handla så mycket om mig, innan den kommer i tryck, det är en formsak, sade jag, jag vill bara se till att jag inte är felciterad. Detta lovade han att göra varpå han lämnade min lägenhet efter att ha druckit mitt kaffe och druckit min grappa och ätit min glass. Fyra veckor gick, skrev jag till Bachmann, utan att jag hörde ett ljud från denna genomvidriga människa, och till slut var det jag som fick förödmjuka mig och ringa upp honom och fråga varför han inte faxat mig texten, framför allt oroad över att bli felciterad av en sådan uppenbart löjlig journalist. Jag har inte faxat dig den, sade han, utav det enkla skälet att det inte blev något reportage. Vad menar du? sade jag. Mitt villkor var att detta reportage skulle vara insålt. Tror du inte att jag har bättre saker för mig än att sitta fyra timmar och intervjuas? Jag tyckte inte att jag fick ut vad jag ville, sade han. Det intresserar mig inte, sade jag. Det du berättade om chansontraditionen i din nuvarande hemstad tyckte jag inte stämde, sade han, jag hittade inga intressanta artister på de ställen du rekommenderade mig. Är det mitt problem, sade jag. Och genom det jag har läst om denna stads chansontraditioner i andra intervjuer med dig, fortfor han, menar jag att du har framlagt en helt falsk bild, rentav en lögn, jag kom till din stad i hopp om att hitta något intressant, men jag hittade inget intressant.

På det viset fortgick vårt samtal, skrev jag till Bachmann, har ni hört något liknande? Det var mitt fel Bachmann! Jag hade tagit denna ytterst viktiga journalists ytterst viktiga tid i anspråk och gjort honom besviken! Jag tror, sade jag till honom, nu när jag börjar ana hur genomvidrig du är, att du inte alls hade någon beställning från den tidning du talar om. Detta förnekade rövhålet med en ihärdighet som en gång för alla gjorde det klart för mig att han ljög. Jag kallade honom då för lögnare, bad honom dra åt helvete och lade på.

Detta rövhål, skrev jag i mitt svarsbrev till Bachmann, tycker jag fungerar utmärkt som ett exempel på genomvidrigheten i mitt lands journalistkår, vars medlemmar utgör ett obeskrivligt pack, skrev jag, de ljuger av ohejdad vana, de har glömt allt vad journalistisk etik heter, allt de är ute efter är att bli berömda, att själva vara stjärnorna, att få sin egen spalt eller krönika där de mot ytterst frikostiga honorar kan skjuta de sista av mänskliga värden i sank. Det var den ytterst viktige *journalisten* som skulle göra en intervju med mig, inte journalisten som skulle göra en intervju med *mig*, om ni uppfattar skillnaden, skrev jag till Bachmann. Ni anar inte hur fulla av avund och lögner mitt lands journalister är. De tycker att det är djupt gåtfullt att det är deras intervjuoffer, konstnärerna och författarna, som är omsusade och inte de själva. Detta klarar de helt enkelt inte av, det strider, tycker de, mot all rättvisa. Detta monsters högsta dröm är troligen att få leda en egen så kallad talkshow, skrev jag till Bachmann, det skulle ge honom ständiga orgasmer, inget skulle ge honom större genital njutning än att på bästa sändningstid öppet få demonstrera sin hjärndödhet. Där kunde han intervjua andra programledare om deras gemensamma hjärndödhet, där kunde han få häckla och håna de författare och konstnärer som han i hemlighet hatar och avundas. Ett sådant rövhål, skrev jag till Bachmann, kan ni inte föreställa er. Och han är ändå bara ett exempel bland tiotusentals i mitt så kallade hemland. Ni anar inte Bachmann, skrev jag, hur många rövhålsjournalister som förföljt mig sedan jag gjorde misstaget att publicera min första roman, så många rövhål finns inte i något annat land. Deras parasitära förmåga är oslagbar. Inte i något annat land har de så till den milda grad raffinerat blodsugarkonsten. De skall ha allt utan att ge något tillbaka. Gratis böcker, gratis fonogram, gratis konserter. Överallt står de och viftar med sina vidriga presskort, överallt sniker de sig in för att suga blodet ur de få kvarvarande konstnärerna, för att njuta frukterna av vad andra under obeskrivliga vedermödor har skapat, och så tackar de för den själsliga födan genom att skriva obeskrivligt infama artiklar, eller inte skriva några artiklar alls, bara ta andras tid i anspråk, reta sig på att de själva inte är de omsusade, klottra ner metaforer som inte ens skulle imponera på ett klövdjur, äta gratis, ta ut skamlösa honorar, skriva nya knappt läsbara artiklar om de konstnärer de avundas till dödens gräns, häckla och håna, framhäva sig själva och sin knappt mätbara intelligens, kort sagt på alla sätt rulla sig i den lägsta dynga man kan föreställa sig. De är värre än gamar, skrev jag till Bachmann, det är i själva verket en grov förolämpning mot gamarna att jämföra dem med mitt så kallade hemlands journalister. Det monster jag talar om borde enligt min mening spärras in. En genomvidrigare människa går inte att föreställa sig. Han tyckte att jag borde blivit stolt över blotta äran att få intervjuas av en sådan ytterst viktig journalist. Han tyckte att jag borde vara tacksam över att få sitta fyra timmar i samma rum som ett rövhål i femtio gångers förstoring. Tror ni mig Bachmann, skrev jag, när jag skriver att journalister utgör jordens avskum. Kanske tillhör ni själv avskummets yrkeskår? Gud hjälpe er om så är fallet, skrev jag, då kan jag inte svara för vad jag gör, då är det bäst att ni för all framtid håller er undan.

Värst är det när detta avskum reser utomlands, fortsatte jag i brevet till Bachmann efter att ha bytt ark i skrivmaskinen; eller överhuvudtaget när någon av mina så kallade landsmän reser utomlands, skrev jag till Bachmann. Av alla de plågor som ansätter mig i denna stad är denna plåga den i särklass svåraste: att se eller höra någon av mina landsmän på semesterresa i denna min nuvarande hemstad. Bara tillfälligheter har hindrat mig från att göra något ytterst dumt, den rena turen har avhållit mig från att göra något jag bittert kunde få ångra. De anfall av hat och självmordslusta som drabbar mig vid åsynen av någon av mina landsmän på semesterresa i denna stad är inte möjliga att beskriva, skrev jag till Bachmann. Ingenting på denna jord torterar mig på ett liknande vis. Deras gränslösa andefattigdom, deras tölpaktighet, bonnighet, deras självupptagna stupida hurtfriskhet, deras rågblonda hår och debila blå ögon, deras äckliga självgoda lantliga djupt ondskefulla attityd till omvärlden, fyller mig med en avsmak så djup att den hotar att döda mig på sekunden. Anblicken av en av mina landsmän stående vid någon av turistsevärdheterna eller på en restaurang, i en bar eller framför ett skyltfönster, fråntar mig helt enkelt det sista av livslusten. Ni kan inte ha undgått dem, skrev jag till Bachmann. Man kan helt enkelt inte värja sig mot en sådan tölpaktighet. Ute på lokal är det värst. Helt främmande för tanken att deras land kanske inte är så betydelsefullt internationellt som de i sitt obeskrivliga storhetsvansinne inbillar sig, försummar de aldrig en möjlighet att breda ut sig om förträffligheterna på ondskans breddgrader. Minsta barn, förväntar de sig, skall känna till namnet på deras postminister, kunna vissla med i nationalhymnen, känna till deras senaste pingpongstjärna eller åtminstone vara bekant med det faktum att deras kung är dyslektiker fast snäll ändå. När de inser att deras djupt äcklade offer inte har en aning om vem som är postminister i deras löjliga lilla avkrok till nation tappar de hakan av förvåning. De lever helt enkelt i tron att deras land utgör mittens rike, skrev jag, de tror att de kommer från en stormakt, de inbillar sig i sin häpnadsväckande perspektivlöshet att deras land utgör vintergatans gravitationscentrum. Det finns ingen ände på deras skrävlande om hemlandet. Vi är bäst på det och det, utropar de, medan de misstänksamt betraktar kyparen när han serverar dem deras öl. För i deras eget hemland Bachmann, skrev jag, är det ju långt ifrån ovanligt att de blir lurade på krogen, att ölet blandas med vatten eller med helt alkoholfritt öl, så kallat lättöl, ni tror inte att det är sant, men så är faktiskt fallet. Allra bäst Bachmann, skrev jag, är när de ber restaurangpersonalen att inte servera ölet med skum eftersom de tror att de då blir snuvade på mesta möjliga alkoholintag. Inte så mycket skum om jag får be! utbrister de irriterat, jag vill ju dricka öl, inte skum, och när jag nu betalar vill jag ju ha valuta för pengarna, säger de misstänksamt flinande. De har inte insett, Bachmann, skrev jag, att skummet är hela idén med öl, ju tätare och saftigare skum desto bättre öl så att säga. De har överhuvudtaget ingen kultur, skrev jag. De betraktar en kypare som serverar dem öl med skum med största möjliga misstänksamhet. Eller också beställer de in vin och låtsas vara vinkännare och utbrister hoppsan, det var ett surt vin, när de blir serverade ett vin de inte ens skulle kunna få för pengar i deras eget vidriga lilla hemland. Deras patetiska snobberi med viner gör mig helt bindgalen, skrev jag till Bachmann. De påstår sig veta något om viner fastän det inte har vuxit vinrankor i deras nordliga lilla öken sedan neolitisk tid, detta tillgjorda, falska vinsnobberi gör mig fullständigt självmordsfähig Bachmann, skrev jag. Men det spelar hursomhelst ingen roll efter någon timma, fortfor jag, ty då lägger de undan sin halvciviliserade förklädnad och förvandlas till de halvapor de i själva verket är, då beställer de in sprit av den allra billigaste sorten, med så hög alkoholhalt som möjligt, och alholprocenten låter de dessutom ofta kontrollera. Den här spriten är femtioprocentig! ropar de galna av glädje åt varandra. Oh vad allt är billigt här, utbrister de extatiskt medan de fyllnar till och börjar bete sig alltmer djuriskt, när det tvärtom förhåller sig så att allt är kriminellt dyrt i deras eget ruttna land. Och så fortsätter de att plåga närmsta bordsgranne, en infödning som inte begriper deras barnengelska fastän de själva hela tiden högljutt skrävlar om hur duktiga de är på att tala engelska. Vi dubbar ju aldrig våra teveprogram! utbrister de stolt, och det är därför vi är så duktiga på engelska, troligen är vi bäst i världen på engelska, fortsätter de att skrävla, vi är till och med bättre än engelsmännen på engelska, och om vi inte är bättre än engelsmännen så är vi i allafall bättre än skottarna eller irländarna eller åtminstone amerikanerna, fortsätter de på sin outhärdliga barnengelska, med sin motbjudande självupptagenhet, alltmedan de intar akohol som om det vore deras sista timma i livet. Det är helt ofattbart, skrev jag till Bachmann, och ännu ofattbarare är deras snålhet. Särskilt på resor slås man av deras sagolika snålhet, en snålhet som lämnar all annan snålhet i skuggan, en snålhet man skulle kunna skriva en banbrytande tragikomisk roman om. De håller reda på vartenda korvöre de lånar ut till varann, en enkrona utlånad för ett decennium sedan håller de reda på, för att inte tala om en tia eller en hundring. Glöm inte att jag lade ut för din tändsticksask i morse, påminner de varann, den kostade tio öre, du är skyldig mig tio öre! Men du är ju skyldig mig en huvudvärkstablett kanske då deras reskamrat replikerar, det går på ett ut, en huvudvärkstablett kostar ju lika mycket som en tändsticksask ungefär, tio öre, eller rentav elva öre, och i så fall är det ju faktiskt du som är skyldig mig ett öre, och dessutom var det jag som betalade för kaffet i eftermiddags, det har jag skrivit upp här på en lapp så att rättvisa skall råda. Sin gränslösa snålhet har de alltså mage att kalla rättvisa, skrev jag till Bachmann. Det skulle aldrig falla dem in att bjuda varann på ens en kopp kaffe, och att på kontinentalt vis, när man för tillfället har pengar så att det räcker och blir över, bjuda varann på en helkväll, eller laget runt, det är något fullständigt otänkbart, hellre skulle de dö, hellre skulle de låta sig steglas. Deras snålhet är gränslös skrev jag. Alla går omkring med små lappar där det står hur många öre deras reskamrater är skyldiga dem, för tändsticksaskar och albyler och tamponger och gud vet vad, och har de inga lappar så håller de reda på det i huvudet, för när det rör sig om skulder är de helt fenomenala vad gäller minne och huvudräkning; han eller hon är skyldig mig en tia! går de runt och upprepar för sig själva, om han eller hon inte har betalat om en vecka så kan jag ju alltid lägga på en krona i ränta, det är inte mer än rättvist när jag nu faktiskt har lånat ut en hel tia, för att inte tala om huvudvärkstabletten som faktiskt har kostat mig cirka elva öre, elva öre kan man ju inte bara skänka bort sådär, hur skulle det då sluta, troligen med min ruin skulle det sluta. Det är en helt sjuklig snålhet de lider av, skrev jag till Bachmann, och allra värst är deras snålhet när de är ute på resa. Ni har väl inte kunnat undgå dem? skrev jag till Bachmann. De är outhärdliga, de är en provokation mot civilisationen. Och lika outhärdlig som deras snålhet är deras skrävlande, deras löjliga inbillning att de kommer från ett land som betyder något för världen, när deras land i själva verket inte betyder ett jota för världen. Hemma hos oss, vrålar de, är vi på det och det viset, hemma hos oss är det mycket bättre än här! Du vet väl vem som är postminister i vårt land?

frågar de retoriskt närmsta bordsgranne. Inte? Det måste du väl i rimlighetens namn veta. Det vet ju varenda människa från Godahoppsudden till Grönlands nordspets, vem som är postminister i vårt fantastiska land. Herregud, det är ju världens mest berömda postminister vi talar om, vet du verkligen inte vem det är? Den senaste pingpongstjärnan då? På det viset håller de på, skrev jag till Bachmann, medge att ni inte har kunnat undgå dem, skrev jag. Så fortsätter de var de än befinner sig i världen. Det är så att man får lust att göra något dumt, skrev jag, man vill helt enkelt rädda mänskligheten från deras storhetsvansinne, skrev jag. I de mest avlägsna världsdelar fortsätter de på samma vis, skrev jag, i Sydostasien till exempel dit de ofta åker för att förgripa sig på prostituerade småbarn. Också där frågar de retoriskt lokalinvånarna vad de tycker om deras världsberömde postminister eller nya pingpong- och skidskyttestjärna. Tänk att ett sådant litet land som vårt, utbrister de hycklande, har kunnat frambringa så många berömdheter, och så rabblar de upp några idrottsstjärnor fullständigt okända utanför landets gränser, eller möjligen någon obeskrivligt fjantig popgrupp som förvisso har haft en hit eller två utanför landets gränser men som är allra mest känd för att ha byggt hela sin karriär på att stjäla text och musik från sina tredje klassens amerikanska förebilder. Jag står inte ut när jag hör dem, skrev jag, jag blir fullkomligt suicidal. Deras övertygelse om att hela världen känner till deras postminister fyller mig med en avsmak som räcker till för att förgifta hela universum. De brister fullkomligt i perspektiv på sitt ondskefulla lilla hemland. Vi gör världens bästa och mest kända bilar! utbrister de till sin försvarslöse bordsgranne, när deras bilar i själva verket är världens sämsta och minst kända bilar. Vi är bäst i världen på världens förnämsta sport, nämligen skidskytte! utbrister de galna av stolthet, trots att skidskytte i rimlighetens namn bara kan utövas av folk från nordliga isöknar och man därför inte kan kräva av exempelvis en nicaraguan att han skall kunna bjuda något som helst motstånd inom denna på alla sätt löjliga vintersportdisciplin. Vi är störst och bäst på allt, vrålar de galna av extas till varandra, när de i själva verket är minst och sämst på allt, skrev jag till Bachmann. Ingenting plågar mig mer än att höra dem lägga sig i ett politiskt samtal mellan, låt oss säga, en engelsman och en amerikan, skrev jag, och detta gör de så ofta ödet bjuder, lägger sin näsa i blöt i storpolitiska samtal när de själva kommer från världens minsta och betydelselösaste land. Vi i vårt land är av den och den meningen, orerar de grötmyndigt fastän ingen har bett dem om en åsikt: Gör som vi, för vi är störst och bäst! De tror att de kommer från en stormakt, skrev jag till Bachmann, när de i själva verket kommer från ingenstans. Det är så man kan förlora förståndet, skrev jag, och jag har ingen rimlig förklaring till deras sätt att uppträda, förutom att det ligger i generna. De talar om för fransmännen hur de skall odla vin. De talar om för amerikanerna hur de skall föra krig. De talar om för engelsmännen hur man skall tala engelska. Det är så man kan dö av skam när man avlyssnar dem i deras gränslösa tölpaktighet. Inte ens under mordhot skulle jag slå mig ner intill någon av mina så kallade landsmän på besök i främmande land. Hellre hugger jag av mig huvudet, hellre låter jag mig brännas levande på bål. Deras vidriga skrytsamhet och brist på perspektiv gör mig alldeles sjuk av äckel. För något decennium sedan när de fullständigt oförtjänt, av en ren slump lyckades frambringa ett par stjärnor i tennis, höll deras storhetsvansinne på att bli min död Bachmann. Då visste deras extas och skrytsamhet inga gränser. Då var tennis världens förnämsta sport, och inte skidskytte. De såg det som ett tecken från Gud, Bachmann, de trodde sig vara det utvalda folket! Vi måste vara det utvalda folket, sade de till varann, hur kommer det sig annars att vi är världsbäst på tennis, denna världens viktigaste sport, till och med viktigare än skidskytte? De jublar över minsta silvermedalj i ungdoms-VM i rodd, skrev jag till Bachmann, de ser allting som tecken på att de är världsbäst på allt, även silvermedaljerna i ungdoms-VM i rodd, skrev jag. Det är så man kan spy. När statsministern sköts för tio år sedan skakades landet av en kollektiv nirvanaupplevelse utlöst av det faktum att de då fick en och annan förstasidesspalt i den internationella pressen. Vi har skjutit vår statsminister, vrålade de då extatiskt till varann, äntligen skriver man om oss i utländska tidningar, det borde man ju göra ständigt och jämt, skriva om vår förträfflighet i den internationella pressen, men tack och lov för vår statsministers död, äntligen har vi fått den plats i solen vi genom vår förträfflighet förtjänar. Och varje höst Bachmann, skrev jag, tror de att universum står stilla när deras internationella litteraturpris delas ut. Detta är världens viktigaste händelse, säger de då allvarligt till varann, trots att de flesta av dem knappt har läst en roman och än mindre någon diktsamling, utdelandet av vårt internationella litteraturpris är troligen världens, om inte vintergatans viktigaste händelse, den överträffas bara av våra statsministermord, våra tennisstjärnor, skidskyttar och våra bilar, säger de då allvarligt till varann. Ni tror att jag överdriver, skrev jag till Bachmann, men det gör jag inte. I sak har jag rätt, mina så kallade landsmän är världsrekordhållare i storhetsvansinne. Oh vilka vackra stränder! utbrister de där de står på någon av Medelhavets vackra stränder, naturligtvis inte lika vackra som våra stränder, för även på strändernas område är vi ju som alla känner till världsbäst, men ändå är dessa stränder ganska vackra. Oh vilken vacker målning av en holländsk mästare! utbrister de där de står på ett museum för holländska mästare i Holland, en i sanning mycket vacker målning, givetvis kan den inte mäta sig med skönheten och mästerskapet hos någon av målningarna i vårt land, på våra museer, gjorda av våra mästare, det vore ju för mycket begärt, men trots allt har ju denna holländare fått till det så att holländarna slipper skämmas. På det viset låter de, fortsatte jag, de jämför Versailles och Escorial med sina ynkliga träslott uppförda av svältande krigsfångar på sextonhundratalet, de jämför världsstäderna med sina egna bondbyar, de saknar helt perspektiv. Om en amerikan skulle börja tala om den unika teknik som krävs för att bygga en rymdfärja, då skulle de omedelbart svara: Det kan hända att ni har rätt, men ni kan väl ändå inte jämföra det med den teknik som behövs för att framställa våra kullager. Förstår ni inte, bäste amerikan, att vi i hemlighet är världsbäst även på rymdteknikens område, om vi ville skulle vi kunna bygga dubbelt så stora och trefalt så förträffliga rymdfärjor som era, men av en ren slump har vi istället valt att satsa på den yppersta av industriprodukter, nämligen kullager, vilket är mycket finare och förträffligare, det kan ni fråga vem som helst om. Jag överdriver inte Bachmann, skrev jag, även om detta sista exempel är rent teoretiskt. Ingenting fyller mig med större skam än mina perspektivlösa landsmän. Man borde förbjuda dem att resa, skrev jag, man borde hårdbevaka gränserna till deras nordliga lilla öken så att ingen av dem slapp ut. Då skulle världen besparas mycket elände. Ni kan inte ha undgått dem, skrev jag till Bachmann, och ändå insisterar ni på denna broschyr, vad är ni egentligen för en människa? Kanske är ni en av mina så kallade landsmän, fastän ni uppträder under ett utländskt klingande namn? Kanske är ert namn i själva verket Bäckman och inte Bachmann? Gud hjälpe er om så är fallet; om så är fallet avsvär jag mig allt ansvar för vad som kan ske.

Men tro mig ändå, skrev jag, när jag påstår att mina så kallade landsmän i grund och botten är obotligt själssjuka. Deras storhetsvansinne och hycklande kan ju knappast förklaras på något annat vis. De skryter till och med om de människor de lyckats fördriva från landet. Oh vad vi är stolta över den och den, utbrister de, fastän de helt hjärtlöst har fördrivit samma den och den från hem och hus. Det är hemskt men sant. De få av mina landsmän som välförtjänt har nått världsberömmelse tvingas i nio fall av tio i landsflykt, med hugg och slag drivs de från hem och hus, det ena tycks på ett tragiskt vis förutsätta det andra. Det drabbade vår ende författare av rang redan för hundra år sedan, och det drabbade vår ende filmregissör att tala om för några decennier sedan. Man kan säga att de verkligt betydelsefulla konstnärerna nästan undantagslöst drivs i exil medan de allra medelmåttigaste kröns som kejsare därhemma. Det är mer eller mindre en lag på de breddgraderna, skrev jag till Bachmann, att de med talang förföljs och de utan talang hyllas som kejsare. Den verkliga talangen tål man helt enkelt inte, den verkliga talangen innebär ju en grov provokation mot mina i alla hänseenden hjärndöda landsmän, talangen får dem helt enkelt att känna sig dumma, och för ett sådant brott vill man helst av allt återinföra dödsstraffet. Ni anar inte Bachmann, skrev jag, hur man hatar talangen på de breddgraderna, man gör allt för att utrota den, förinta den, driva den utanför landets gränser, så att man kan andas ut och sova i frid om nätterna i den lyckliga vissheten om att dumhetens och medelmåttighetens status quo fortfarande råder på dessa världens dummaste och medelmåttigaste breddgrader. Ofta börjar det redan i småskolan, skrev jag, de få skolbarn som har begåvats med matematiskt snille, till exempel, ser man inte till att sätta i specialklass för att utveckla deras begåvning, som man gör i vilket annat land som helst med någon gnutta självbevarelsedrift, tvärtom man sätter dem i specialklassen för asociala element, de betraktas helt enkelt som uppstickare, som bråkmakare, som kriminellt osolidariska med sina mindre begåvade klasskamrater, de betraktas på sätt och vis som dårar, skrev jag, som juniordårar för att de inte håller sig till juniormedelmåttighetens lagar. Det gäller alla med talang inom vilket område som helst, skrev jag, de som är bra på att teckna fråntar man pennor och ritblock, de som är bra på att skriva straffar man med lägsta möjliga betyg, eller inget betyg alls, fast man allra helst skulle vilja hugga av dem händerna och relegera dem på livstid; de musikaliska skolbarnen stänger man av från musikundervisningen eftersom de är osolidariskt begåvade på musikens område och därigenom hotar att obstruera musikmedelmåttighetens lagar, eller också tvingar man dem att göra något de är mindre begåvade på, eller verkligt obegåvade på, träslöjd till exempel, så att de skall få mindervärdeskomplex och känna sig dumma och helst ta livet av sig. Och sjukligt nog Bachmann, skrev jag, utgår man från ett hycklat rättvisepatos i medelmåttighetsfrågan, det skall vara lika för alla, säger man med darrande röst, alla skall vara exakt lika medelmåttiga inom alla områden, annars blir det ju orättvist, diskuterar man, annars hotar ju anarkin. Tänk om vi vore olika, säger man allvarligt till varann, hur skulle det då sluta, troligen med inbördeskrig skulle det sluta, med anarki skulle det sluta, med laglöshet och bomber och brödramord, alltså gör vi bäst i att med alla medel, även med psykisk tortyr, ta ner dem på jorden som tror sig vara något, som på något vis försöker framhäva sig på de andras bekostnad, som obstruerar vår älskade medelmåttighets lagar, som tror sig kunna spela musik eller teckna eller skriva dikter, fast de bara är barn och borde koncentrera sig på att vara medelmåttiga, att hålla sig till vårt förträffliga genomsnitt, att inte sticka upp, annars blir det bara kaos och anarki; och tänk på hur olyckliga de blir som inte är lika bra som de andra, dem måste vi tänka på, säger de hycklande, fastän de inte alls tänker på dem som är *sämre än genomsnittet*, kursiverade jag, tvärtom, dessa hatar man minst lika mycket som dem som ligger över genomsnittet, av samma skäl, fast omvända, och åtminstone på min tid, skrev jag till Bachmann, spärrade man gärna in dem i så kallade OBS-klasser, för att *observera* dem, som man helt kliniskt uttryckte sig, trots att det mer eller mindre var för att bli av med dem, för att slippa se dem, för att slippa skämmas över det faktum att man här hade några som var *sämre* än genomsnittet, eller också lät man helt enkelt sterilisera dem, så att de inte skulle kunna få någon avkomma vilken i framtiden skulle kunna hota det förträffliga genomsnittet, eller också lät man de sociala myndigheterna under de råaste former kidnappa dem och placera dem på så kallade fosterhem, för att de avvek, för att deras föräldrar avvek och kanske hade ett hem där man inte lade så stor vikt vid till exempel städningen, eller hade för många katter, eller hundar som till grannarnas förfäran sket på trottoaren, eller inte hade bil, vilket ansågs vara ytterst asocialt, rentav brottsligt på de breddgraderna; och på min tid, skrev jag till Bachmann, var det tillräcklig anledning för myndigheterna att rycka ut på ett helt paramilitärt vis, med sina specialenheter, ibland beväpnade, och med våld föra bort barnen från deras föräldrar och placera dem på så kallade fosterhem där de genomled en psykisk terror som inte ens den värsta sadist i ert land, Bachmann, hade kunnat hitta på ens i sina mest sadistiskt inspirerade stunder.

Det finns tusentals miljarder exempel på liknande vedervärdigheter, skrev jag till Bachmann, inga broschyrer i världen räcker till för att beskriva dem. Uppfinnare till exempel, som detta land från början byggt sin rikedom på, påhittiga småskaliga entreprenörer vars styrka ligger just i att vara lite avvikande och tokiga, i att bryta mot mönstret och uppfinna saker som inte en människa har tänkt på förut, kort sagt de stora mästarna i att skapa behov som man tidigare inte trodde fanns, och på vilka hela vår så kallade marknadsekonomi, vilken man kan tycka vad man vill om, trots allt bygger; dessa uppfinnare, skrev jag till Bachmann, dessa snillen som oftast bara vill mänskligheten väl och vill förbättra sakernas tillstånd på det tekniska området, dessa förföljs på mina breddgrader med en bödels kyla, man hånar dem på ett sätt ni inte kan föreställa er, man skrattar ut dem offentligt, man vägrar att ge dem så mycket som ett korvöre i anslag för att kunna genomföra sina ofta fascinerande men djupt kostnadskrävande projekt. Uppfinnare som i varje normalt land bemöts med respekt och generositet anses på dessa dödens breddgrader vara ytterst onormala, själssjuka viktigpettrar, stöddiga besserwissrar, psykopater mer eller mindre, skrev jag till Bachmann, och det är därför det ser ut som det gör, med något undantag för telekommunikationsområdet, i mitt så kallade hemland. Det är kullager och pappersmassa för hela slanten, en och annan undermålig bil och mängder med rostfritt stål, det är så man kan gråta åt dessa satsningar på områden som hade sin storhetstid för trettio år sedan, landet förtjänar sannerligen sin kommande ruin. Kort sagt hatar man på dessa vämjeliga latituder allt som sticker ut, allt som inte liknar allt annat, allt som är avvikande. Detta anses inte vara normalt, skrev jag till Bachmann, en konstnär till exempel som avviker genom att vara alltför begåvad anses inte vara normal, han bryter ju mot snittet, han får andra att känna sig dumma, vilket mer eller mindre är att jämställa med organiserat brott på de breddgraderna, och av det skälet fördriver man, med hugg och slag, med spottloskor och glåpord, med den mest enastående gemenhet denne konstnär från landet, gärna under någon taxerings- eller skatteförevändning, detta anses nämligen vara det perfekta alibit för sådana illdåd och brott mot de mänskliga fri- och rättigheterna, skrev jag till Bachmann, och återknöt därmed till vad jag skrivit tidigare om tillståndet på konstens område; att de begåvade konstnärerna drivs i exil och att de obegåvade kröns som kejsare.

Aldrig mer i mitt liv att jag sätter min fot på en unsbredd mark i detta dödens land, skrev jag till Bachmann. Inte ens som eremit i dess folktomma natur, skrev jag och märkte i samma ögonblick att ett djupt upprörande ämne var på väg att undslippa mig. Inte ens i naturen, upprepade jag inspirerat i brevet till Bachmann, om vilken de mest förryckta sägner sprids i ert land av mitt lands lindrigt sagt propagandaglada turistmyndigheter, eller för den delen av alla vedervärdiga turister från mitt så kallade hemland som i sina motbjudande blonda kalufser, falska blå ögon, stinkande av vulgära rakvatten, glada in i märgen över att stämma in på er gamle diktators sjuka vision om en övermänniskoras, med sin blotta närvaro förstör stämningen och kontaminerar luften i denna stad under semestertider, skrev jag upprört till Bachmann, och fortsätter att spy ur sig sina lögner om naturen på dessa avskummens breddgrader, hur naturglada de alla är, vilka skogsmänniskor de alla är, hur alla tältar och fiskar, fotvandrar, bergsvandrar, paddlar kanot, ror och seglar, och jämt är ute för att plocka svamp, hur friskt källvattnet smakar, hur rent och oförstört allting är, hur nära de lever moder natur, när de i själva verket på sin höjd ser moder natur från sina motbjudande bilfönster, när de i själva verket ytterst sällan är ute i moder natur, när de i själva verket i åratal systematiskt har förgiftat moder natur, när deras bär är oätliga och deras aborrar borde vara dödskallemärkta, när de medvetet undanhåller alla förfärande fakta om den ukrainska kärnkraftsolyckan, att svampen orsakar magcancer, att renarna är självlysande, att rävarna är muterade till oigenkännlighet, att detta land, frånsett möjligen landet där den inträffade, var det som allra värst förgiftades av den förfärliga olyckan, och att man på dessa breddgrader i sin outhärdliga cynism döljer alltihop, i vanlig ordning lägger lock på sanningen, fortsätter sina manipuleringskonster som man helt utan konkurrens är solsystemsmästare i.

Den rena härliga naturen är inget annat än ytterligare en lögn i den oändliga raden av lögner som detta land och dess invånare har byggt sin existens på, skrev jag till Bachmann, vild av hat, sjöarna går knappt att bada i, giftig algblomning härjar kusterna, skogen, som de har mage att kalla den, är till nittio procent planterad, det är rena koncentrationslägret för barrträd skrev jag till Bachmann, planterade i snörräta led så snart man kommer en bit från allfarsvägarna, kontrollerade av staten och skogsbolagsjättarna, det är ett helt cyniskt manipulerande av sanningen, och med denna osanning gör de allt för att framställa sig själva som lite viktiga och annorlunda. Vi är minsann inte som ni nere på kontinenten med era fabriksskorstenar, utbrister de gärna, vi har ju vår uråldriga allemansrätt, säger de med näsan i vädret, fastän denna allemansrätt inte skiljer sig på några avgörande punkter från de rättigheter man har i naturen i till exempel ert land Bachmann. Denna allemansrätt som de jämt skryter med så snart de får chansen består ju i grund och botten inte av något annat än förbehåll, undantag och skyldigheter, den borde heta allemansskulden, skrev jag till Bachmann. Det är sant att man får tälta en natt i skogen, men i vilket land på jorden får man inte det? Bara man inte gör upp eld, bryter en kvist, snarar ett villebråd, skräpar ner, inte anställer en skogsbrand, inte begår mord, men i vilket land är det inte så? skrev jag retoriskt. Det är sant att man får dra upp en förgiftad fisk eller två ur en sjö, bara vattendraget inte är privat och bara man har fiskekort, men i vilket land får man inte det? De försöker göra sig viktiga på allt, till och med på det som *inte* skiljer sig från reglerna i andra länder, men det kan ju i sanningens namn kvitta, skrev jag till Bachmann, för hursomhelst är ju de fiskar man drar upp, med eller utan fiskekort, helt livshotande att anrätta och äta, på sin höjd duger de till cancerforskning, utbrast jag i brevet. Eller också tror de helt enkelt att rättigheter bara är något som existerar på de egna breddgraderna, eftersom det blott är där man är så förträfflig på allt, inte minst på rättigheter. För övrigt bekänner de ju färg i stadslandskapet. Hur kan de påstå sig älska naturens skönhet, när allt annat tyder på ett totalt ointresse för skönhet, rentav ett förakt för skönhet, rent av ett universellt hat mot all skönhet? Låt mig dra en parallell till stadslandskapet, skrev jag till Bachmann, för det är inte oviktigt när ni nu insisterar med er egendomliga broschyr. Stadslandskapet på de breddgraderna säger allt, skrev jag till Bachmann. Egentligen är det ju helt onödigt med detta överdimensionerade svarsbrev när jag istället hade kunnat skicka er ett vykort föreställande ett stadscentrum i mitt så kallade hemland. Det säger mer än tusen ord. Det säger mer än all jordens överdimensionerade svarsbrev till all jordens broschyrer. En enda blick på stadscentrum i någon av mitt så kallade hemlands städer räcker för att förklara allt. Ni kan ju rimligtvis inte ha sett något av mitt hemlands stadscentrum Bachmann, skrev jag, då hade ni knappast framhärdat med er lindrigt sagt egendomliga idé, då hade ni troligen avbrutit hela företaget, frånsagt er allt ansvar, bett till Gud om förlåtelse för ert oförlåtliga brott att överhuvudtaget påbörja ett så vansinnigt projekt som ju inte bara strider mot förnuftet, skrev jag, utan mot hela den humanistiska tanken, och kanske hade ni i en storslagen försoningsgest mot ert samvete rentav blivit en slags bombsmed och gjort det jag själv borde gjort för länge sedan, men inte slagits av förrän nu när jag sitter här nästan kvävd av mina hatiska konvulsioner, framför den skrivmaskin som man genom förföljelserna lyckats tysta, nämligen starta ett krig mot detta världens i särklass ondaste land, kasta bomber på dess konsulat till att börja med, demonstrera utanför dess beskickningar, föreslå dess uteslutning ur världssamfundet, bojkotta det, svälta ut det, införa sanktioner i stil med dem som gäller för Irak, och kanske sedan föra kampen vidare från underjorden med alla till buds stående medel, starta en gerillakamp, ett befrielsekrig, göra revolution, och om vi nu gemensamt gör allvar av detta fantasieggande hugskott Bachmann, skrev jag, då inleder vi kampen genom att förstöra detta lands obeskrivligt människofientliga stadscentrum.

Som jag skrev, skrev jag till Bachmann, har ni troligen aldrig sett något av detta lands stadscentrum, annars skulle ni som sagt inte ha påbörjat ert projekt, och jag skulle inte sitta här framför min skrivmaskin, vilket bevisar saken. Och att ni med tanken skulle kunna föreställa er fenomenet är fullkomligt uteslutet, fantasin räcker helt enkelt inte till, inte ens ett genis fantasi räcker till, inte ens en dåres fantasi, tanken skulle bli överbelastad om den kunde föreställa sig fenomenet, den skulle kollapsa, implodera, sugas upp i ett svart hål med gud vet vilka konsekvenser för resten av medvetandet, i bästa fall ett hjärnstillestånd. Så obeskrivligt gement plumpa och människofientliga är nämligen mitt lands stadscentrum. Era stadscentrum utgör ju verkligen inga provkartor på skönhet i det avseendet, skrev jag till Bachmann, men det beror ju på kriget, som i sin tur berodde på er diktator, som i sin tur berodde på er kejsare, som i sin tur berodde på Bismarck, etcetera, skrev jag. Kriget och er sinnessjuke diktator förklarar ju allt i det hänseendet. I mitt land däremot behövde man inget krig för att sjufalt gånger sjuttiofalt värre förstöra sina stadscentrum, ett krig av det slag som drabbade era städer hade snarare gjort dem oändligt mycket skönare än vad de är nu, skrev jag utan ett uns tvekan, ett kraterlandskap är oändligt mycket skönare, ruinstäder är faktiskt skönare, skrev jag till Bachmann. Så till den grad har nämligen stadsplanerarna i mitt så kallade hemland lyckats förstöra städerna. Ni anar inte Bachmann, skrev jag, där förut vacker trähusbebyggelse härskade härskar nu monstruisiteten, där förut månghundraåriga korsvirkeshus tronade tronar nu rena getton. Och det ser exakt likadant ut var man än befinner sig. Det är den mest skrämmande monotoni, skrev jag till Bachmann, hade någon sövt ner en och förflyttat en till en annan stad hade man överhuvudtaget inte märkt någon skillnad, man hade hittat precis lika bra som i sin egen hemstad, man hade troligen gått omkring i villfarelsen att man fortfarande befann sig i sin hemstad, och att man på något vis hade drömt att man sövts ner och flyttats till en annan stad än sin hemstad, man hade helt enkelt trampat på i gamla invanda fotspår, navigerat efter exakt samma karta som därhemma, gjort exakt samma ärenden i exakt samma vedervärdiga byggnader, placerade på exakt samma vedervärdiga ställe kring det obligatoriska torget med sin korvkiosk och sin pressbyrå byggda i exakt samma människofientliga stil som därhemma, med identiskt lika korvgubbar och pressbyråtanter, gått in i den klonade konsumbyggnaden och köpt samma grillade revbensspjäll som därhemma från exakt samma disk, betjänad av exakt samma charkbiträde, betalat i en kassa exakt likadan som den därhemma, kanske hade man reagerat en smula på att dialekten hos konsumkassörskan var lite annorlunda än hos konsumkassörskan därhemma, att hon kanske talar inlandsmål när man därhemma talar kustmål, eller ett mål norrifrån när man därhemma talar sydmål, men vad vet man, hon kan ju vara inflyttad, och hennes sura uppsyn är ju förresten identisk med den hos konsumkassörskan därhemma. Sedan går man väl vidare i det in i minsta detalj identiska stadslandskapet, där till och med papperskorgarna står på exakt samma avstånd från varandra, och asfaltens ojämnheter är helt identiska med asfaltens ojämnheter därhemma, fyllona har exakt samma döda blick, videobutiken skyltar med exakt samma våldspornografiska filmer, tar en sväng in på systembolaget som ligger i en exakt lika vedervärdig byggnad på precis samma ställe som därhemma, och där slår man väl sig i slang med någon man tror sig känna, som i allafall ser ut som någon man tror sig känna hemifrån, och som drar exakt samma usla vitsar och berättar om frun och ungarna som verkar vara desamma som hos den man tror sig känna hemifrån, möjligen grubblar man återigen över språkvändningarna, över att karln har en annan dialekt än sist man träffades i denna dödens vänthall, men vad vet man, det kan ju vara någon hörselvilla, tänker man medan man väntar med exakt samma könummerlapp i handen som därhemma, möjligen till och med med samma nummer som man skulle ha haft om man varit hemma, tills det blir ens tur efter ett par timmars heroiskt väntande om det är samma fredagseftermiddag som därhemma, och det är troligen inte förrän man stiger av bussen och öppnar dörren till det ohyggligt vedervärdiga radhus man tror sig bo i och där hittar sin egen dubbelgångare tillsammans med hustru och barn, exakt likadana som de man själv har därhemma, sittande framför samma obeskrivligt människofientliga teveprogram som därhemma, i full färd med att kalasa på de perfekta kopiorna av de revbensspjäll man själv har köpt på det konsum man trodde var hemstadens konsum, som man till sin fasa begriper att det man trodde sig ha drömt faktiskt är sant: man har blivit nedsövd och förd till en annan stad.

Illusionsnumret är nämligen perfekt, skrev jag till Bachmann, nästan i upplösningstillstånd av mitt hat, i mitt så kallade hemland har man klonat den mest vedervärdiga arkitektur som tänkas kan, de mest sjuka hjärnor har gjort allt för att bygga ett helvete på jorden i varenda stad, de mest perversa stadsplanerare som universum frambragt har här fått löpa amok, påhejade av de sinnessjuka politikerna, avgudade av massorna; det är en mardröm Bachman, skrev jag. Och denna mardröm möter dig i varenda stad du råkar besöka. Möjligen skiljer sig huvudstaden från de övriga eftersom den är något större, men där är ju å andra sidan flera kvadratkilometer skövlade på sina en gång så vackra trähus, och där dessa en gång stått tronar nu byggnader i bästa stalinstil, monumentalbyggnader av den billigaste omålade cement vilka troligen har sin arkitektoniska förebild hos fängelserna i Gulag, ursäkta mig Bachmann, skrev jag, om mitt brev råkar vara fläckat på just denna sida, det är troligen jag som har kastat upp.

Ni kan inte föreställa er det, skrev jag, utan risk att er hjärna fallerar Bachmann, och ni drabbas av oåterkallelig koma. Mitt lands stadscentrum utgör veritabla infernon på arkitekturens område. Och detta gläds man åt. Man stormtrivs i sina helveten eftersom detta lands invånare i princip inte utgörs av annat än ättlingar till forna tiders demoner. Man hatar allt som är vackert. Man är själaglad över att ha blivit av med sina gamla medeltida stadskärnor, de vackra gamla träbyggnaderna, de fina gamla korsvirkeshusen, och för att skydda de få som finns kvar har UNESCO fått rycka in och sätta upp dem på sin lista över världskulturminnesmärken, vilket man givetvis beklagar med kraften av sin historiska ondska men påstår sig respektera för att inte välförtjänt uteslutas ur världssamfundet. Och de stadsplanerare och arkitekter som ligger bakom detta allvarligt menade försök att få till stånd ett helvete på jorden, vad tror ni har skett med dem? Det vet jag faktiskt inte Bachmann, erkände jag, men en inte alltför vågad gissning är väl att de fått ta emot förtjänstmedaljer ur kungens hand, och att de blivit belönade med någon sorts livstidspension, något mindre kan jag inte föreställa mig. Ni tror väl inte att jag känner mig smickrad Bachmann, över att få vara med i er sjuka broschyr? Den kan ni vad mig anbelangar glömma, istället borde vi göra allvar av det tidigare nämnda hugskottet och starta ett gerillakrig mot detta världens gemenaste land, om inte annat för att förstöra dess otroligt ondskefulla stadscentrum. Eller kanske borde vi begära dess stadsplanerare utlämnade till en internationell domstol, skrev jag, upprymd av tanken; ställa dem inför en internationell tribunal, som de förbrytare de är, som de själens mördare de är, med rätt att utdöma dödsstraff, en ståndsrätt med tillhörande exekutionspatrull, det har de ju med råge gjort sig förtjänta av, skrev jag, dödsstraff är i själva verket en lindrig repressalie för allt elände de har ställt till med, de förtjänar värre än döden, skrev jag, de förtjänar förebilden till sina monstruösa projekt: alltså slavarbete med fotboja i Gulag.

Överhuvudtaget begriper jag inte varför denna vämjeliga nation blev tillfrågad att gå med i den så kallade unionen, skrev jag efter att ha bytt färgband i skrivmaskinen, det var ju ett oförlåtligt misstag från den så kallade unionens sida, man måste ha haft en dålig dag, man måste ha haft något problem med simultantolkningen under plenum så att missförstånd uppstod och ett Nej förvandlades till ett Ja. Kanske var delegaterna drogade på något vis? Eller mutade? Det är ju annars svårt att hitta en rimlig förklaring till detta fatala beslut, som utan tvekan, i längden, kommer att leda till den så kallade unionens undergång. Man begrep väl helt enkelt inte vilka risker man tog, man begrep väl inte att man mer eller mindre spelade rysk roulett med kontinentens framtid, man förstod väl inte att detta land kommer att göra allt för att exportera sin historiska själlöshet till de andra unionsstaterna, kontaminera dem med sin medelmåttighet, förpesta dem med sin snålhet, förstoppa dem med sin tölpaktighet, dra ner dem på sin kulturella primatnivå, kräva en likriktning av kontinentens stadscentrum så att de efterliknar den gulaginspirerade monstruisiteten därhemma, på alla sätt uppvigla till ondska och inspirera till kulturell utarmning, kort sagt utplåna humanismens värden från kontinentens jord. Det är en gåta att man från unionens håll inte ens fattade misstanke under den så kallade folkomröstningsdebatten i detta land, skrev jag, denna oslagbart debila debatt borde man ju ha följt av ren självbevarelsedrift, inte minst där hade man ju haft chansen att avslöja detta lands otroliga andefattigdom. Ni inbillar väl er inte Bachhmann, skrev jag, att denna debatt skulle ha vidrört några av de större frågorna, någon politisk vision, ett större kulturellt eller socialt samarbete, det kan ni omedelbart slå ur hågen, ty den stora debatten inför inträdet i den så kallade unionen handlade istället om landets heliga tobaksvanor, den särskilda sorts tuggtobak som folket i detta själlöshetens förlovade land stoppar under läppen för att på så vis också till utseendet bättre framhäva det aplika i sin fysionomi, en spegel för själen så att säga. Detta, Bachmann, skrev jag, var den stora debattfrågan i mitt så kallade hemland. Har ni hört på maken? Med tuggtobaken och dess sätt att framhäva apan i folket stod och föll nationens framtid, man saknar ord, skrev, jag på nytt överfylld av hat, bräddfylld av hat till det land som fått mig att tystna; debatten handlade om tuggtobak, skrev jag igen, nästan oförmögen att begripa att inträdet i den så kallade unionen hade stått och fallit med något så ofattbart banalt som tuggtobak. Detta diskuterades i det oändliga, skrev jag, man förde månadslånga tevedebatter om denna ytterst viktiga fråga, tuggtobaken fyllde landets samtliga ledarsidor, tuggtobaken härskade överallt, tuggtobaken var helt enkelt Gud, och slutligen var det tuggtobaken som fick folket att lomma iväg till valurnorna och göra sitt val, ty i detta land av pigor och bonddrängar sträcker ju sig den politiska visionen inte bortom nyttoplantornas horisont. Och när det väl stod klart att man i denna mänsklighetens viktigaste fråga hade fått grönt ljus, det vill säga tillåtelse att få fortsätta nyttja denna tuggtobak och framhäva apan i sig, ja då var saken klar. Då uppställde man inga ytterligare krav överhuvudtaget, då fick framtiden bli hursomhelst, då lyfte man på kjolen för unionen som den värsta byhora, då fick unionen vad mitt hemland anbelangade göra precis vad den ville, bara tuggtobaken fick vara kvar och framhäva det gorillalika hos befolkningen. Dessutom, skrev jag, fröjdade man ju sig åt att hädanefter få dansa lite grann med de stora elefanterna, få vara med på gruppfoton från ministermöten i Bryssel och Paris, längst till vänster visserligen, intill den danske delegaten; utrikesministern var troligen i tårar första gången han fick sitta till bords med sin brittiske kollega och få chansen att tala lite barnengelska, berätta lite grann om sitt älskade hemland, där allt är så förträffligt och man är världsbäst på allt, skämtsamt erbjuda lite tuggtobak efter maten, låtsas vara kunnig i de världspolitiska frågorna, för att sedan bekänna färg och förväxla Hong Kong med King Kong och därefter börja berätta om den förträffliga allemansrätten därhemma, och den nyinköpta hembränningsapparaten i sommarstugan, göra bort sig ytterligare lite grann genom att dricka snaps ur vinglaset och slicka såsen från tallriken, och tro att Irland är ett engelskt landskap och därför försiktigt ställa frågan om varför irländarna också har en utrikesminister med vid middagsbordet, räcker det inte med den brittiske, kanske vid kaffet vara lite överlägsen mot den österrikiske ministern för i hans land bor det ju bara sju miljoner människor men i världens mest förträffliga land bor det ju hela åtta, bli avbruten mitt i ett försvarspolitiskt samtal om Ålands hav då hustrun ringer i mobiltelefonen och frågar om han lämnat in stryktipset, och till sist gå på bordell för skattebetalarnas pengar och där, på bordellen, försöka bjuda sin tillfälliga hjärtedam ur den medhavda dosan med tuggtobak, kasta förklädnaden och helt och hållet bli en apa, en grymtande primat med tobak under läppen, om nu denne utrikesminister nyttjar tuggtobak, det vill jag låta vara osagt, skrev jag till Bachmann, jag vet ju inte ens om utrikesministern på dessa breddgrader är en man eller en kvinna, och ingenting kunde heller intressera mig mindre. Men i princip, tillfogade jag i brevet till Bachmann, vars broschyr ju uttryckligen hade något med den så kallade unionen att göra, tycker jag att den så kallade unionen får stå sitt kast när den erbjuder detta världens genomvidrigaste land ett medlemskap istället för att förgöra det i ett skoningslöst anfallskrig. Det senare hade ju varit att föredra för mänsklighetens bästa, skrev jag, det senare är ju rentav en förutsättning för en lyckligare framtid. Så tror ni mig nu äntligen Bachmann, när jag för tusende gången i detta brev påstår att jag avskyr detta land? JAG HATAR DET! skrev jag.

Och efter att på detta vis med versaler ha satt punkt för mitt brev till Bachmann drog jag ut det sista arket ur skrivmaskinen, betraktade det avmätt, rättade ett och annat stavfel, lade det i högen bland de andra och reste mig från skrivbordet. Klockan var nu närmare tio på kvällen. Lägenheten var tyst, men varför skulle den inte vara tyst, sade jag mig. Det var ju inte det minsta underligt att lägenheten var tyst, jag var ju ensam, sade jag mig, min hustru hade efter att ha anslutit sig till mina fienders läger, och efter mitt avslöjande, helt enkelt flytt. Tack och lov för att hon är borta och lägenheten därmed är tyst, sade jag mig. Tack och lov för att jag gav moteld på hennes terror och drev henne härifrån. Jag skulle inte stå ut med att ha henne här. Hädanefter, sade jag mig, kommer allt att vara annorlunda, hädanefter kommer tystnaden att råda i denna lägenhet, och ensamheten, tillade jag. Ingen vet vad jag har fått genomgå här de senaste två åren, sade jag högt, väl medveten om att jag talade högt för mig själv, och att kanske grannarna också hörde, för i denna lägenhet där tystnaden härskar är det också mycket lyhört, och kanske är det just därför extra tyst, grannarna är ju medvetna om att denna fastighet är ytterst lyhörd, och därför, av finkänslighet, ser de till att prata så lågt som möjligt. Blott jag pratar högt för mig själv, sade jag mig, men varför skulle jag inte få göra det? Det är väl min rätt som en fri människa att få tala högt för mig själv om jag nu råkar känna för det. Dessutom är det en sund upprorisk handling, sade jag uppmuntrande till mig själv, mina fiender vill ju se mig tystad och därför är det en handling av motstånd att tala högt för sig själv, och då kan det naturligtvis kvitta om grannarna tycker att man är lite tokig som sitter här och talar högt för sig själv när man borde tänka på denna fastighets lyhördhet och helst tala lågt för sig själv, eller ännu hellre inte tala alls, för att inte störa och inte bli en saga i huset om den där kufiske utlänningen som jämt talar högt för sig själv, och vars hustru på ett så mystiskt sätt har försvunnit, vi får be till Gud att hon inte ligger styckad i bitar i denne kufiske utlännings frysbox! Kanske tänker de så, sade jag skeptiskt till mig själv, men troligtvis inte. Ingen av dessa grannar känner ju mig, ingen har en aning om vilket helvete jag har genomlidit de senaste två åren, så hur skulle de då kunna förstå min tystnad, eller varför jag står här och talar högt för mig själv? En tystad författare är ju så gott som en levande död författare, han befinner sig i ett helt obeskrivligt limbo, de fasor han dagligen genomlever kan en vanlig människa inte föreställa sig, och naturligtvis ingen av mina grannar, sade jag mig, lika lite som de kan föreställa sig den sadism med vilken man har förföljt mig från de onda hegemoniernas håll, hur man kastat mitt namn, mina visor och min litteratur i smutsen och gjort allt för att driva mig till självmord. En sådan gemenhet kan inte fattas med tanken av normala människor, och mina grannar är ju nu en gång för alla helt normala människor, och därför kan de inte föreställa sig vad jag har genomgått eller vilken sadism som ligger till grund för det jag genomgått. En tystad författare är ju inget annat än en osalig ande, sade jag mig, i spagat mellan de levandes och dödas världar, utan kyrkogårdsmylla att sova i, bara febrigt irrande i sitt privata inferno, där hans hustru i hemlighet, på order från hans fiender, dessutom försöker göra honom ännu mer galen, driva honom ännu djupare ner i vansinnet, helt falskt leende räcka honom snaran, men inte säga att det är en snara utan en hjälpande hand, och innerst inne hoppas att han äntligen skall göra allvar av sitt löfte att ta livet av sig. Så har det varit här de senaste två åren, sade jag mig, men kanske blir det hädanefter annorlunda. En nyhet är ju faktiskt detta överdimensionerade svarsbrev till den så kallade Bachmann, sade jag mig uppmuntrande och högt, utan att bry mig om vad grannarna skulle tycka om dessa högljudda uppmuntranden. På sätt och vis är ju detta svarsbrev en oerhörd seger, sade jag mig, det är ju som på den gamla goda tiden, det är till och med långt bättre än på den gamla goda tiden, som inte alls var så god om man betänker hur min hustru i smyg förde mig bakom ljuset och bedrog mig med mina fiender.

Inte ens den mest inlevelsefulla psykoanalytiker skulle kunna begripa det lidande jag har fått utstå, upprepade jag högt för mig själv, det är helt sant, det är faktiskt mer än helt sant. Jag har ju varit helt utlämnad åt mitt hemlands kulturpsykopater, dessa kritiker och journalister som gjort allt för att mörda mig. Och deras seger har ju varit total eftersom de har fått mig dit de ville; tystad, stum, ett rov för helveteskvalen. Jag hatar dem, utropade jag högt. Vad dessa människor tror, sade jag mig, och syftade därmed på kulturpsykopaterna, är ju att denna verksamhet, författandets verksamhet, är något slags lek, något slags tidsfördriv, inte särskilt allvarligt menat, men i alla hänseenden provocerande för dem själva som inte har talangen, som i själva verket inte har någon talang alls, som är helt talanglösa utom på det sadistiska området, där är de ju oslagbara, sade jag mig; i konsten att tysta författare och konstnärer och driva dem först på flykt och sedan till självmord är de världsrekordhållare, sade jag mig, dessa kulturpsykopater tror ju inte att det man gör är allvarligt menat, det är som vilket arbete som helst tycks de anse, med det tillägget att det är ett arbete som är vansinnigt provocerande för deras egen medelmåttighet. De är helt enkelt alltför hopplöst hjärnskadade för att begripa att konsten är en verksamhet på liv och död, att man går under om man inte får skapa, att man inte finns utan sitt skapande. Men att påstå något sådant anser de förstås vara elitärt, vi kan ju alla menar de, särskilt vi kan! Vi kan i själva verket mycket bättre än du; vi skriver ju också, allt från recensioner till julgrötsrim, inte romaner förstås, det vill vi inte, för det är inte lika fint som julgrötsrim, och du är förresten ingenting annat än ett elitistiskt svin, och du förtjänar våra förföljelser. De begriper helt enkelt inte sin egen ondska, sade jag mig, lägre den här gången för att inte störa grannarna, eftersom de inte begriper vad konst är, vilket inte på något vis urskuldar deras ondska, tvärtom, den tanklösa ondskan, den dumma ondskan, är ju den värsta. De tror att man sitter och skriver romaner för skojs skull, eller för att man vill vara lite mallig och märkvärdig. Det är ju helt oerhört dumt, sade jag mig, men dessvärre är det ett faktum. De begriper inte. Och inte heller de vanliga medborgarna begriper. De fattar inte att man är helt utan val, att man måste skapa konst för att inte gå under, sade jag mig samtidigt som jag lämnade skrivbordet, där jag alltså stått vid mitt hundrasidiga svarsbrev och delvis talat, delvis tänkt högt för mig själv. Om jag nu överlever deras dödliga anslag, sade jag mig samtidigt som jag lämnade rummet, men förblir stum i konstnärligt hänseende, då återstår ju bara sprit och narkotika. Troligen blir jag då heroinnarkoman, sade jag mig samtidigt som jag gick in i min hustrus arbetsrum, min före detta hustrus före detta arbetsrum, rättade jag mig. Men att tystade konstnärer dricker och knarkar tror kulturpsykopaterna, eller för den delen den stora allmänheten, beror på deras allmänt dåliga moral, de är ju vällustingar allihopa, säger man sig, de tar ingenting på allvar, de vill bara göra sig märkvärdiga, till och med när de dör i en överdos heroin så är det bara för att göra sig märkvärdiga, eller i hjärtstillestånd efter några års hårt supande, till och med detta gör de bara för att framstå som märkvärdiga. De förstår inte, sade jag mig medan jag gick omkring i min före detta hustrus före detta arbetsrum, kulturpsykopaterna och allmänheten förstår inte att konstnärerna blott finns till för att göra sin konst, och om de inte får göra sin konst då har de inget hem längre, ingen livsbiotop, och då återstår ingenting annat än att döva sig med allsköns droger och glömma tillvarons vidrigheter. Om stumheten i mitt fall fortsätter, sade jag mig, kommer troligen även jag att börja droga mig, och det på ett helt vanvettigt destruktivt vis. Vid dessa sista ord, som jag uttalat halvlågt för mig själv, blev jag stående framför min före detta hustrus före detta arbetsbord. Så underligt, sade jag mig, för bara några timmar sedan satt min hustru här vid detta bord och arbetade. Nu arbetar hon inte här längre, och nu är hon heller inte min hustru, livet bjuder verkligen på snabba kast. Det var inte mycket kvar i rummet, förutom den förödelse jag själv hade anställt tidigare på dagen, hon hade fått med sig det mesta av sina personliga tillhörigheter, lika bra det, sade jag mig, så kan jag undvika all falsk sentimentalitet. Jag satte mig i hennes före detta arbetsstol och betraktade kvällshimlen utanför fönstret. Samma kvällshimmel som vanligt vid den här årstiden, sade jag mig, kvällshimlen är ju densamma, men jag själv däremot är inte densamma som till exempel i gårkväll, i gårkväll hade jag ju en hustru, i kväll har jag ingen hustru alls, i gårkväll skrev jag inte, men i dag skrev jag åtminstone ett brev till denne mystiske Bachmann. Tack och lov för Bachmann, sade jag högt medan jag betraktade kvällshimlen som var ungefärligt lik gårdagens kvällshimmel, kanske lite molnigare denna kväll korrigerade jag mig medan jag reste mig och lämnade rummet, utan att begripa varför jag överhuvudtaget gått dit, detta rum som hädanefter skulle vara mitt rum, kanske ett förrådsrum av något slag, i allafall inte längre min hustrus arbetsrum, kanske hyr jag ut rummet, sade jag mig, till någon kollega som behöver ett arbetsrum, eller kanske till en student, vad vet man, kanske hyr jag inte ut det alls, det kan ju få stå bara, sade jag mig, utan att på allvar bry mig om detta rums framtid. Min hustru kommer inte tillbaka, tänkte jag, inte utan ett styng av smärta trots mina föresatser, trots hennes otroliga svek; hon är borta och hon kommer aldrig tillbaka, förutom möjligen för att reglera vårt gemensamma lån, sade jag mig samtidigt som jag gick tillbaka till mitt eget rum, där skrivmaskinen väntade, och det överdimensionerade svarsbrevet till Bachmann befann sig, i en hög intill skrivmaskinen på skrivbordet i detta rum där jag inte fått något gjort på två år, där tystnaden härskat, min egen tystnad, som sånär gjort mig vansinnig, som sånär lagt mig i graven. Här befinner jag mig alltså nu, sade jag mig, klockan 22.10 på kvällen, ensam, utan hustru, utan sällskap, i ett sovande hus, med ett brev som jag kanske på något vis borde redogöra för, tillsammans med de tankar och händelser som ägde rum medan jag skrev detta brev. Detta borde jag kanske göra, sade jag mig och satte ett nytt ark i skrivmaskinen. Detta måste jag nog göra, sade jag mig samtidigt som jag tog fram svarsbrevet till herr Bachmann och hastigt ögnade igenom de första raderna, som i motsats till de sista raderna var handskrivna eftersom jag påbörjat detta brev för hand i tron att det skulle bli kort. Detta borde jag verkligen göra sade jag mig, och satte mig därefter ner för att skriva.